多年後
我憶起台北

馬尼尼爲

Contents 目次

輯一　多年後我憶起台北

輯二　我睡覺的時候

多的　貓日記

在台北養兒子，養貓，養心底一個小小的女人的眼睛。馬尼尼為讓我發現，我們都是異鄉人。如果要談「台北學」，不能缺少一把這樣的聲音。

——鴻鴻

閱讀馬尼尼為時，我總是提著一顆心。不確定那是我的心，還是她的。一邊讀一邊走一邊想：這麼赤裸是可以的嗎。這麼誠實是可以的嗎。這麼憤怒是可以的嗎。這些不曾保持社交距離的字，也沒打算跟誰地久天長（除了貓）。因此我總是祈禱，（可任意替換為其他字眼的）「台北」有足夠的寬，能容下這些倒鉤的刺。這些像髒話的情話。這些霧銀色閃爍著時間與敵意與愛的冷箭頭。在那祈禱的一瞬，會重複憶起：我原也是一個「台北」的異鄉人，每天都路過更陌生的自己。

——孫梓評

當大家都還不知道馬尼尼為是誰時，我就讀過她的文字了。好奇怪的文字，好奇怪的人，好奇怪地被吸引。十年後，馬尼尼為紅了，但她的文字沒有變，還是像作夢一樣，她一直說一直說，一直寫一直寫，吸引我到那很深的地方。

——廖瞇

馬尼尼為的獨特，來自當她面對這永遠的異鄉台北的「無人之境」時，她的隱忍和復仇，讓人既痛且快。

——廖偉棠

馬尼尼為行文，十之八九皆是句號。我是哀傷的。我是彆扭的。我是孤單的。句號。句號。句號。大量的句號讓寄居他鄉的種種喟嘆看上去都像是一句狠話，像一個絕望的結論。但因為被街上的阿貓阿狗領養了，她與這個城市的糾葛有了最溫柔的刪節號，未完待續……

——李桐豪

馬尼尼為的散文很真誠，一層層地把她和她周遭的生活剝開見骨見肉。馬尼尼為的散文讀起來像詩，日常像現實和夢混雜在一起，雖然肯定不是美夢。裡面也有我的台北，但我們太習慣有禮貌了，我們不罵人，總是一口口吞下去，只好借她的筆一字字地吐出來。

——王春子

馬尼尼為的字裡有顏色，也像是下雨，你會被困住，你會一直讀下去，台北像是個容器，接滿雨水也接滿貓，台北也是想像的共同體，貓是共通的語言，而且不用翻譯。

——騷夏

外面那隻蝴蝶
樓下那隻蜜蜂
阿美、仙仙、圓圓、福福、巧巧
我們一起走吧
我們一起去找那些人算帳

把你們的刀帶好
把浪費掉我的時間還回來
把砍掉我的肉還回來
我已經不懂我為什麼
要那麼有禮貌了

總經理回來見
我要原諒全部人
歡迎全部人
今天我要有血有肉的休息
我要放血放肉

我要放掉光 變成黑暗
今天我要放假
一個碗都不要洗
叫蟑螂放過我的碗
叫蟑螂今天也放假

台北蟑螂被我打死
幾百隻幾百隻
我也被那些人打了
幾百次幾百次
我和台北蟑螂沒兩樣

你看不起我嗎
我身上有的是春天
有的是一次又一次
用不完的春天

這些人家給我的書
我花掉的錢
沒花掉的錢
沒講出口的髒話
我再繼續打字的話就會變成一個垃圾
台北把人磨瘦

去哪裡都耗力氣
不要過來打擾我
我現在要和阿美鬼混
把紗門打開
讓蚊子蜜蜂飛進來

人生下來就要像貓那樣爽睡
那樣吸太陽 那樣安靜
用盡身上的溫柔
我去被風吹日曬了
在那裡和全部東西擦身而過

我想脫離的那些全部東西
撿來的全部
讓我想回家
我的每個句子都像神經病
都像雞大便

像我這麼會寫的人
還是每天洗碗掃地洗地做勞力
神總對是公平的
我的腦做了那麼多勞力
四肢屁股也要平衡的
是ㄟ

輯一

多年後我憶起台北

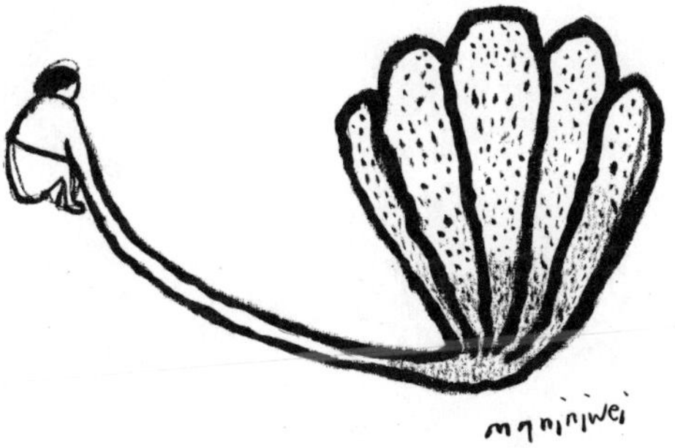

多年後我憶起台北

我掉了。掉隊了。多年後我憶起台北。我總是一個人的。我從來沒打扮得像一個台北人。我是無臉人。身上沒有根的人。也不會有臉。我受過委屈所以我沒了臉。沒了臉因為你沒根。我憶起那些無臉時光。強勁的冷風打在我心臟上。我的臉掉了下來。頭掉了下來。我再把自己畫得像一個人。再把自己寫得像一個人。一座城市你獲得的愛有多少。傷也有多少。我不恨。我誰都不恨。因為我沒有臉。沒什好說的。我和他們不同。我沒有臉。沒有根。有時候人們就是會這樣對我。我也不會哭了。也不想報仇了。爭口氣了。沒什好說就是了。多年後我憶起的台北，我不得不想到的那些事。一件件掉在那裡。所以不要再叫我回憶了。我雙手雙腳健全的台北。我路過的台北。我疾行過的台北。我寄居的老公寓已經成為瓦礫碎片。我所有的老鄰居已經仙去。我已經完全告別這座城市的噪音。爐火開著煮水壺尖叫的台北。我加熱昨天剩飯菜的台北。我的鼻子噴出紅色鼻涕。我憶起的台北被霹開。一下就斷了。我掉了。很好燒的材。很好挖的洞。我自找的洞。啪就被人打了一包。連我的青少年、童年都振得起飛了。我手上的顏料散落一地。

多年後。我身上還殘留著台北的腔調。台北的形狀。多年後我憶起台北那些書店啊。活動啊。我無知的初生之犢的講課啊。講座啊。還有主持啊。採訪啊。還好我是無臉的。我的臉在自己的書上。嵌在書裡。我房子裡那些感覺一輩子都看不完的書啊。一輩子都穿不完的衣啊。我每天洗碗的手。打破多少杯碗的手。我交給貓的手。我用力拍打蚊子的手。我著火的腦袋。我憶起的台北。我一直沒能寫好的台北。好像是和好了是嗎？台北的秋冬。我冰凍的雙腳。我在台北的腳。不見天日的腳。老是被包得緊緊的。

入秋我開始在脖子上圍一圈毛線圍巾。我開始鼻塞。開始咳嗽。開始頭昏。開始想睡。昨晚我夢見了月亮。我睡在月亮的手臂上。天一亮白日夢就消失了。我睡在石頭上。拍拍枕頭，打起精神。習以為常就好。我一直無法習慣的台北。一直要喊冷的台北。多年後我終於離開了有冬天的國度。我的衣物不用再分季。多年後我憶起台北。我小孩的童年。我愛貓的一生。我走到外面。我決定停止回憶。我要用什麼覆蓋台北的回憶。用筆。用紙。用我老人的雙手雙腳。

我畫杯子。畫杯水給自己喝。雷雨暴風都在那杯子裡。被我喝了下去。我的胃變空了。我的碗在我身體裡。我脫下的臉放在那裡。放在外面花盆裡。我被消除了。消除在自己的胃裡。翻來覆去的陌生的手。扶住我自己的手。多年後我憶起的台北。我水杯裡的台北。我喝過的台北。我被吹打過的台北。都消失了。光走了進來。光進入我的眼皮。光在我身上畫了線。我摸著那些線。已經變淡的線。我的手開始飛快地打字。我想要打出當時的台北。當時我才剛剛開始的台北。而冷風就這樣一陣一陣打來。我縮在自己的靴子裡走路。

童年的洪水。多年後我憶起的那些洪水。沖掉了兩棵香蕉樹。軟軟的樹幹漂洋過海。游到了那本書裡。到那首詩的最後一句。那心肺的兩塊黑色。兩個黑點。已經被埋在死者的樹下。永遠睡在那張畫裡面。兩個黑點。白色用得不好。瘦弱畏寒的白色。塗在胸前的肌肉。晚上的魚游到那白色光圈裡。一圈一圈地轉著。我闔上了那本書。闔上了外面細細的小雨。媽媽不能死。我知道我需要這種生命。像媽媽的生命。永遠都不會死的媽媽的生命。白麻布上摘錄了死者的臉。有一張是我的貓。有一雙像乳房一樣的眼睛。摟著我的肉色眼珠。你的小手在畫架上擺著。你的臉有粗糙的紅潤。你的畫風粗糙。刮刀留下了痕跡。在我耳上穿了一個洞。我的耳洞沒有耳環。台北的冷風捅進那個洞。發出呼嘯不止的風聲。被我塞進枕頭裡。

我要射你。要掉就掉下來吧野菠蘿蜜。不要爛在那裡。全都掉下來吧。全都倒出來吧。我台北的醜貓。貓飼料。泳鏡。髒泳池。廚餘袋。一排排的脆弱。一排排的高潮。都被射死了。多年前台北的陽光被我封存在現在的玻璃窗上。洗衣機的旋轉聲塞在我頭腦裡。被我睡掉了。被我夢掉了。八十四頁。Ａ５彩印的台北。多年後我憶起的台北。那張貓臉。越來越小。還有玩具熊的小眼睛。那個結就打在我身上。一個小小的結。別人看不到的結。結在那裡。在我的衣裳下面。在我眼睛後面。在我掌心裡。被我一次又一次洗手洗掉了。被我一次又一次摸貓摸掉了。

冬天的俐落。冬天的轉彎。母親的眼睛逼著我。快沒時間了。風赤裸的味道。帶著我手上的畫。越過了草坪。靜靜地乾枯。喂媽媽。漸漸縮小了。你的眼睛很自由。現在我才告訴你。我常夢見我在跑。跑得飛快。跑得喘。跑到眼睛痛時回到了這世界。喂媽媽。為什麼你要在外太空睡覺？

我現在是白天。晚上便飛了進來。壓進我肚子裡。我的胃、我的手像個流浪漢一樣。我的心裡有八個行星。我心裡的風要正常咳出來。

跑快一點。無臉人。被排除在外的無臉人。因為他們排除你所以你得跑快一點。被埋在你簽名的石頭下。被埋在海天一色的黃色帆船裡。你身上的枝幹在呼吸。用力呼吸。用力跑。我跑出來了。我寄生在別的臉上。別的身體上。別的形狀上。我很會寄生。也很會變形。很會偽裝。把自己裝在一本書裡。一張張的畫裡。風都颳不走的。雨也淋不濕的。我的腳已經變成一雙防水的雨靴。我的腳趾有著鞋子的形狀。我快被他們套上人造的手腳。行動不便的手腳。快跑。我一直作著逃跑的夢。一次又一次數不清的逃跑。還有很多的惡夢。多年後我憶起的還有淡淡的那些惡夢。惡夢的台北。我一幅幅的畫被槍射擊。破了一個個洞。一張張都是洞。我的身體也是洞。他們打我的洞。我沒有倒。因為我是無臉人。我手上的顏料散落一地。我寄居的老公寓已經成為瓦礫碎片。

帶路吧。那隻貓身上有我的名字。我被貓消滅了。我自願被牠消滅。陽光已經完全滲入那裡。冰涼但不會冷。我要去的那張紙正準備寫作。多年後我憶起的台北都在那些野貓身上。牠們身上有著病。流著鼻涕。眼屎。半吐著舌頭。不用醫。

我來到一條台北的小路

飛機在小心地轉彎。我寫了一千字。準備起飛了。我紙上的眼珠是濕的。從書架上掉了下來。砰的一聲。打在我自己的腳上。敲了一個小小的傷口。我常就這樣弄傷自己。我常這樣笨手笨腳的。我常這樣衣不得體的。我自己去到了那結尾。誰都怨不得。我把一千字刪了。一個一個用力打上句號。我最愛的句號。那是我先生變成的那塊軟骨。我的腦袋變成的軟骨。被我一口一口微微用力地咬碎了。大大小小的星星。夜晚。大大小小的咳嗽。發燒。都被我一口一口咬掉了。我每天一口一口地咬。每天載著小孩一口一口地咬。每天消化那塊軟骨。軟骨穿過了台北老公寓。軟骨爬上了屋頂。軟骨在咳嗽。軟骨還沒明白過來。我每天摸一摸那軟骨。沒有傳統。沒有過去。沒有未來地摸那塊軟骨。我每天頂著那塊軟骨早晚餵野貓。和野貓說話。像神經病一樣。

飛機正在穩定地行進。台北的乾淨擦了我的嘴。我聽見台北的唇變紅了。有車子的臭味。台北的花蜜變成冷硬的餐刀。變成一家家牛排店。我吃了台北的聲音。吃了樓上鄰居的抽水馬桶聲。台北的獅子老虎住在我的空腹裡。讓我老覺得餓。那時候我住在台北的臉也會餓。三十條斑馬線。三十台公車的餓。

那時候我住在台北的耳朵。還有泳衣上殘留的氯氣。擦在我的眼睛鼻子嘴巴上。那時候的台北永遠都在施工。沒有安靜過。那時候是我去洗馬桶。洗台北公寓沒有窗戶的廁所。是我洗得太久。是我寫得太短。是我眼睛裡掉出的一根頭髮。是我的身體的無名無姓。是我眼珠裡出現的臉。是台北烏黑的眼睛掉了一個耳朵。掉了一張臉。

是我沒有回答台北的問題。我沒有臉回答問題。那時候我掉了一張臉。我用的是貓的臉。是我完全清除了。是我坐得太久。是我來得太晚。是我來到一條台北的小路。另一半的身體離我比較遠。長成了貓的外形。不像是真的。閃電。是台北的臉盆。我的貓用塑膠臉盆喝水。你不會想用的。是我交出了我的手。交出了我的絕望。交出了我的幾條線。是我在試試運氣。試試發明詩。試試拉著我的手寫詩。拉著我自己的手找路。拉著我和貓結婚。拉著我的手去洗馬桶。

我在最後一排位子。是我用來想念我的台北野貓朋友的。阿比阿花老公貓。那些牠們毫無心機磨蹭我的時光。我和牠們說的白癡話。已經所剩無幾。我還穿著在台北買的鞋子。想往前走。

多年後我憶起台北，S出版社。把我包在袋子裡，讓我窒息而死。自以為是的專業。我的編輯能力超過他們。我的文案能力強過他們。只是我沒開出版社。只是我沒那野心。只是我不是台灣人。我沒法登記地址。我沒那人脈。那些我在老家隨便都有的人脈。那些文案完全不搭我的作品。那些行銷也都不對。那些東西都不是對的。我都知道。但我說不出哪不對。我又挑不得。我面無表情說謝謝。大部份時候就是這樣。

我開始舉起我的刀子。殺不死人的刀子。我的刀子來了。沒讓我獨處和電腦通電我會坐立難安。我的筆記本沒帶。就隨手寫在正在看的書扉頁上。我喜歡任意塗寫書。把書看得很爛。這些我在台北買的書。就是要拿來看爛。寫爛的。沒什好珍惜的。我在台北買的東西。我就要這樣一件一件一本一本一張一張用爛。用爛多年後我憶起的台北。用這股力道去說去寫。你要做的就是繼續寫。繼續用爛你的台北。用爛那些看不起你的人。欺侮你的人。我在台北的殘疾。在S出版社的殘疾。裝滿了我的雙眼。多年後我憶起的台北。我想盡辦法想弄髒它。在這麼短的段落裡。我的靈感來了。我被磨破的傷口在痛。我的靈感來了。我的刀子來了。我的雙眼發紅。我老去的雙手青筋像緊綳的弓弦。

等一下。我翻開其中一頁。用爛多年後我憶起的台北。我現下眼睛的顏色模糊了。眼睛不像眼睛了。腳不像腳了。我還在追著這些文字。我生來這彎彎的河流。爛泥巴色的臉。年邁的時間已經置入我心臟。我現下什麼都不怕。我常在得罪人。有話直說。我再也不想用謝謝當客套。我討厭

客套。我討厭他們。我現在適合靠窗的位置。我那時候還沒有眼睛。我被那些腔調騙了。那滿滿的我的作品都被放火了。我現下什麼也不剩。跟任何出版社都沒有關係。那是一次又一次的幻滅。等一下我說給你聽。別不耐煩了。看到最後你還是看不出所以然的。這是我想要的寫作方式。我就要你盲。要你半盲。因為我的那些委屈滿溢出來。這雙手已盛不住。接不住。

多年後我憶起的台北，沒錯我是個神經病。我先生眼中的神經病。每天被辱罵的神經病。當陽光長出了機翼的形狀。當所有東西都在準備起飛。那些大大小小的咳嗽。發燒。都在準備起飛。準備離我而去。台北救護車的噪音。是母親一早就在用割草機的聲音。那噪音劃破了我的乳房。乳汁被孩子吸進去了。雙腳越變越長。長啊長的。油墨印在我頭上。臉上。是一種高興。一臉青春痘。高興就叫啊。青春就講呀。看著兒子像大人一樣和同學有說有笑。看著他坐在班上對著老師講的內容笑。這就夠了。這就好了。正常地社交。好像就放心了。高高興興地去上學。這就好了。

跟很多瘋子一樣。我躲在家裡尖叫。有時會好好洗廁所。有時會感冒。把音樂開很大聲。不高興就看我媽媽的臉。我媽媽的臉就寄生在我台北貓臉上。我每天可以摸到。每天可以聞到。我就靠著那張臉。眼睛就到了那老家的河。鼻子就到了童年的破被子。我手上殘留的顏料就住在家裡。是我的簽名穿上了藍色衣裙。是我彎腰摟住的掌聲。是我用醜貓摟住的精神。

多年後我憶起在台北獨自帶小孩的這些時光。我們在一個小小的房間。在一個小小的掌心。被拍一下就被夾扁了。被壓一下就破了。老舊的。歪歪扭扭的。破洞的。全抬起頭看著我。把自己的小孩舉得高高的。轉上一條小路。點著幾根蠟燭。毫不管他人眼光的醜陋、叛逆。拍掉身上的蜘蛛網。身上的廢物。那塊軟骨。我先生變成的那塊軟骨。透明的乳白色。是普通的鬼。我又開始對車程感到不耐。小孩廢除了時間。消滅了時間。時間模糊了。時間給弄死了。無聲。無息。掉下去了。

台北的冷激怒了我

台北的冷激怒了我。台北的無情激怒了我。讓我去作一個活人的夢。去作一個半生半死的人的夢。阿美，那時候我們都用四隻腳在爬對吧。縮在家裡。冬天冷就縮在家裡。用力擦桌子。拖地。那樣才不會冷。阿美，為什麼他們要畫那種太陽？為什麼他們都喜歡那種太陽？我根本不稀罕那種太陽。那有什麼難的？阿美，他們喜歡的是那種太陽。他們不喜歡我這種太陽。我寫的比他們好太多了。我太會寫了。等一下我就寫好了。台北的冷給我的。那麼多的濕冷積在這盆地裡。這盆地裡的大冬雨。長冬雨。頑固的冬雨。阿美，我穿的都是二手店的舊外套。冬天是邁開大步。敵不過天的。敵不過雨的。只有越穿越多。只有洗熱水澡。阿美，我吃飽了。

冷風你放馬過來吧。這不會停的雨。我在我自己的身體轉過了身。縮在我自己的頭腦裡。換上乾乾淨淨的笑在齒縫裡。多年後我憶起的台北。都是冷。不。當然有些熱的。但冷壓了過去。我和阿美一樣用四隻腳在爬。

多年後我憶起台北，我在台北說的中文好像是另一種新的語言。不是中文。寫的也不是中文。是台北話。台北中文。我怕那些台下的眼睛。我都是硬上場的。換了張臉上去就是。我從不覺得我哪裡好。我的冬天不好。很不好。那些各式各樣的冷。我一直沒法收好的冷。爬到我身上的冷。最後我逃脫了。我現在就在一條單薄的棉質紗籠裡。深藍色的。我現在身邊有一隻貓。阿美，我永遠離不開貓，就像我離不開你。我們是永不分離的。而且我現在再也不會冷了。不要被一堆假的光環圍繞。吃一大堆的維他命。自九月以來。煮了幾回飯。洗了幾次眼鏡。睡了幾回。很容易就斷了。阿美，自我離開台北以來，我把人生想寫的都寫完了。阿美這被咬過的台北生活、對話都很好。反正我就是外國人、沒有身份證、故意不換身份證。反正我本來沒打算寫作。

阿美，去他們的回憶。綁在你成年的尾巴上。去他們的寫作。我沒有那些朋友。也沒有同行。沒有出版社。沒有公司。沒有家人。我和女人不是同行。和男人也不是同行。和貓是同行。阿美，那些人幸福過頭。我不會再來偷看台北。等我把話說完。把文字用完。我死後，把我葬在動物的墓園。我想和動物的骨灰在一起。

※ 劃線字出現於〈阿美，為什麼大家要畫那種太陽〉，《我的美術系少年》（二〇二一，斑馬線）。

阿美我要起飛了

阿美，我要走了。台北就進來了。台北熟了。紅透了。落在我口袋裡。

台北做出了和你一樣的孩子。我在台北把自己吃成滿嘴甜的。把自己穿成甜的。來看台北。來住在台北。把自己的火點著了。

要動手前我會坐很久。坐到手上的咖啡喝光。讓那黑色汁液坍塌在我全身。

然後我換好自己的手腳。換好俐落的台北。台北就進來了。

我開始寫。寫我像小孩子那樣想回家。

那孩子現在在我耳朵裡。童年從我眼角泛出淚水。薄成一片。忘了她當時幾歲。去過海邊、島嶼、外太空。

四點的台北。四點的冬天。冬天就開始劃開我身體。我很久沒寫詩了。用拖鞋踩壓垃圾。毫不留情地把垃圾踩扁。毫不留情地拍死在家裡出現的飛蚊小蟲。

台北冰冷的指頭捎過那些禮貌的微笑。沒有情感的歡迎光臨。紅綠燈要等很久的台北。

成千上萬次我去找阿美。找我另一半的臉。成千上萬次我去拿鏟子要鏟死自己的先生。成千上萬次我煮滾了水。水燒開了。就跟新的一樣。我很早睡。睡在那些很薄的紙上。我又永遠比台北的太陽晚起。

昔日的文青，現成了狗。變成了小孩的狗。或是被狗拉著。

昔日的憤怒。現成了葡萄。一咬就爛了。

習以為常的台北。我習以為常斷斷續續的文字。化為狗形的靈魂。一直在往我吠。不得安寧。

我那時候，被野貓踢傷的傷口。紅腫的。清貓屎時屎味跑進傷口。隱隱作痛。做菜時蒸氣油煙也跑進去。掃地時灰塵跑進去。抱貓時貓毛扎進去。我一直在痛。一直好不了。我睡覺時夢見它裂開了。整隻手都裂開了。膿汁流出來。我用煮飯的瓦斯烘烤它。我用勞力、家事穩固了自己的意志力。

在我永遠叛逆的一生。在我永遠深愛的那個身體上。送行的人去了哪裡。又回去了哪裡。那些聲音的回憶。滿滿的耳朵的回憶。滿滿的鼻子的回憶。快降落了。走失的回憶都回來了。找到了。要登場了。我還聞得到她身上我自己的味道。她身上徹夜不息的親暱。她的故事不斷重複的千山萬水。千山萬水都不如她身上的原野。那塊在台北最野生的味道。只要一聞到她的體味，我就成仙了。在人間數千數萬次成仙。沒有什麼比這更好的。

阿美，我要起飛了。你不知道飛機這種東西吧。你也不需要知道。我們在一起時就是起飛的感覺。我們都是寄生在台北的鬼。沒有媽媽的鬼。我們是一樣的無親無故。我婆婆靈魂的灰塵還在那台北的房子滋生著。台北的房子啊。是一座滋生靈魂的灰塵房子。突然會冒出一大球。我看到了。台北啊，有些人以為自己喜歡文學，自己就成立了出版社。若你被那種樹的刺刺到了。會痛上一整天。晚上還不會好。沒藥擦。那些人住在自己的樹洞裡。不見天日。忘了天日。阿美文學是什麼？是萬能的接著劑。那裡接泊了各色船隻。你聽見引擎發動準備出海的聲音。我沒有自己的船。又老是不好意思開口問別人搭便船就是。在台北。我就停在那裡。看人走走停停。偶爾會遇到好心人主動讓我上了船。就那幾回而已。不多。但似乎已足夠。

我在畫細菌。畫被你舔掉的細菌。被你舔過的手。寫那些被時間改變的人。台北的臉。在裝病。裝文青。我對回家還是樂而不疲。那個沒有熟人的家鄉。太陽在我頭上我已經好了。先躲進這故事。不要被病毒找到了。在沒有風的時候假裝有風。這樣很好。再曬一下。再偷拔一根台北的小草。阿美，去機場的巴士準時開了。叫經血奮力地湧出吧。那樣血紅的厄運。都沖進馬桶吧。我最近老得罪人。沒什不可以說的。

那時三月底。冬天還沒完。我還穿著毛衣。我被冬天坐垮了。冬天飛出去了。鳥叫聲已經變多了。台北的杜鵑花紅的白的也開了。可冬天還沒完。野貓踢傷了我的手。

那樣。把液體擠出來。上層薄薄的藥。

冬天還沒完。我備好了明天的早餐。

我感到自己又可以對明天有期待了。

那時台北。葉子會在四月長出來。九月掉花。掉葉。

阿美，像現在台北已經不紅了。我餓壞了。心裡的餓。腦筋的餓。

十一月不再流汗了。一路前往圖書館。那裡有完整的味道。

阿美，台北等不及變紅就被吃掉了。還黃黃綠綠的。吃下去是酸的。

大鳥領著幼鳥在樹梢穿梭。能在空中飛是最好的。離人類越遠是越好的。

離有刺的樹越遠是越好的。

那時候我先生走了

那時候我先生走了。鬧鐘響了。吵醒我的心跳。我得先替貓草澆水。先餵貓。先清貓砂。我得先剪離題。因為我看見了解藥。在那裡停了下來。地板上有新鮮的掉髮。十年的孤獨。十年的大火。

透過濃煙。所有的暴烈都縮成一本書。

那時候，我用廢紙糊出大花苞。用紙摺鳥。吃紙做的鳥。像鳥的船。雪白的紙頁。碗狀的白色器官。我看見蜜蜂進入那花苞了。牠手上拿了大衛像。我看見對面的紅毛丹樹了。每一片葉子上都有陽光。那時候我聽見我媽媽叫我的聲音。在雨天無人的家。她用毒粉筆在牆上畫線。要毒死螞蟻。我準備要丟掉。準備要獨居。我這裡有碎的小瓷片。不能狼吞虎嚥。不能住太久。我這裡有小孩。不能太大聲。小孩在沙發上跳。在床上跳。跳過貓的頭。翻過桌子。我這裡有小孩。還有一堆貓砂。我們在跳房子。跳了整個樓層。有一個圓形的孔。有一個閃亮。在我們中間。在我的對岸。中間的河。這是一條幸運的狹窄。我的心跳是貓的心跳。密密麻麻的心跳。

那時候我健手如飛。拉著針線穿出濃煙。織了一頂毛帽。冬天成了一頂毛帽。不需要太困難的技法。太困難的貪婪。我已經不會對男人動情。不會過問男人的健康。不會理會男人的目光。我只想要被分到一間房子。把男人的槍拿去賣掉。帶一些廢紙去賞鳥。讓雙眼流進咖啡。他們喜歡吵鬧。喜歡目光炯炯。男人僵了一隻腳。形成份量足夠的仇恨。形成腐爛的春天。我慢慢梳這種春天。梳出那種病房的臉。

他走了。我去了一個新的地方。有強化的嗓門與頭腦。我知道那是彩虹。穿牆而來。我的時間拿去煮飯。切白蘿蔔。高麗菜。一口一口被孩子吃掉。他說他有一千年的快樂。我忘記他也是個黃色花苞。一塊布。還在東飄西盪的布。

那時候我們睡在帳篷裡。很安全。那是我新的詩。新的缺陷。那是要流出去的。別怕。用報紙包起來就好。最後。漏出了一點血。一點銀光。還有一半浸在水裡。讓日光燈拍下這些。給孩子看。被捆住的血管吸著海風。用海沙覆蓋。

我收集一些廢物。收集一些糖份。收集小孩子挖了兩天的沙。收集穿破洞的膝蓋。收集混濁的浪沖打。這裡的第一份失憶。這裡燒開的水鳴聲。燒開的男人的嗓音。

我去反抗了。用心臟說話。用地板寫信。用剪刀剪出許多小洞。

他走了家裡熱鬧滾滾。回到過年。回到葬禮那裡。被絆倒。滿地漫步的螞蟻。移動的黑色。靜止的聲音。一點一點露出自己的身體。一點一點剝掉的身體。被黑色素爬上的身體。推開那個內臟。去掃一掃清一清。那座碗狀的。還有搬出去的腥味。扛出去的欲望。把頭顱留在那上面。大腿露了一大截。內側是那首詩在伸展。

他走了。火燒了三層樓。帶我去公園。遊樂場。去野樹下。那一端是紅色的。雲有一端是黑色的。準備要大雨。偶爾我能聽見身上年老的聲音。滋生的磨破。滴漏的水。偶也瞥見那被刮掉最亮的一層。瞥見蝴蝶的亮粉。閉嘴的綠樹。偶是撞來的粗暴。或是撞來的甜蜜。把一切都推進腹腔。黏成一塊雪球。那是一種轉移。能有一點痛。喚醒你的盛產。喚醒你身上的船。

我參加了我的台北。我的手像牙一樣硬。對著他們的冰塊笑。

他們澆水澆濕了我。玩到忘了要回家。

那手寫的都破了。破到睡覺裡去。破到鞋底的台北。

我浪費掉的夜晚已經壓倒了我。我在洗我的手洗我的腹腔。船開進大雨中。我睏意重重。這次降落在沼澤處。我縮在一個窄小的台北。在那裡雙唇紅豔。愈堆愈厚的紅。毛衣起滿毛球。拿去水洗去曝曬。再靠近一些那圈圈。因為多了一點點。你要嗎。這月亮裡的金色。那是他偷偷給我的。我悄悄打開的。明天醒來會正好是缺月。正好有一個。有一張鏡子。我的欲望已經長成那隻貓身上的圖案。白雲徐徐。水退。燒也退。長出另一張嘴唇。吃掉你的安眠藥。

小夜燈。小夜燈已經鑲在那本書裡面了。我想看你的小夜燈。看小夜燈把你吃掉。

看我的手。關掉了小夜燈。我的貓。在進去了。畫滿紅線的筆記。踏上湖邊的路。

我不怕水。不怕大水。長長的黑髮的對話。台北的二十年。點了一點火。誰知道月亮是不是在水缸裡。我撈到野狗。我突然醒來。

我們在那個形狀裡飛了一圈又一圈。翻開那個大行李箱。衣夾的洞。兩個釦子的洞。蜜蜂身上的那一截黃色。洞裡的模糊。從我腹腔刺出來。那破洞的台北。水流了進來。

我寫了一張紙的圓點。一張紙的貞操。一張紙的閃爍。鏡子裡的活力。空氣裡的活力。把欲望鎖在洞裡的活力。讓他成為一個囚犯。成為一張不同的臉。成為我安排好的獵狗。成為我墓碑上的貓。他可以演一隻動物。躲在我帽子裡。可以喝完我身上的顏色。

幫我換藥。在大桌子上在單人床上。我早已戒菸。開始吸貓。每天吃飯。再給我一口藥。再給我一頁。我在這裡舉起很多很重的東西。踩扁了很多風吹草動。每天五頁長泳。半夜出去跳繩。跳圓形。我在浸泡。旺火猛燒。刷一下變暗了。眼前的人稀了。時間也稀了。要全黑的三點。人不會太多。三點。丟了三張廢紙。水燒開了。

我愛上那一再破掉的節奏。沙發上深紅色的陰影。你的耳尖。你的菸。山丘。汗的回聲。修補那個已經不再披著銀色亮片的肉體。潑濺出來的流蘇。碗狀的花園。花園裡的鐵罐。

大黃花苞阿美就坐在我正對面。一塊三角形。一塊唇形。在那裡光線集中。我集中心神。那裡有我身上的年輪。張大嘴巴的年輪。廣場上的年輪。手指的推土機。手指的烽火。那裡每個指尖的名字都不一樣。每一筆劃都不一樣。

齒間的雙翼靜止。那裂縫的姿勢。水晶的入口。吊起來的光。針尖的點。上面畫了海岸線的地圖。那裡有個深不見底的孔。圓頂的白色陽傘。穿行的星象。

我們沖過澡。要取暖。要生火。免得被凍死。台北的名字會越變越小。眼睛會變小。耳朵也是。腳也是。跟書本一樣長。長成跟剪刀一樣的鐵色。鏗鏘有力地打在我肩上。讓他睡好。穿過底層世界。我會此生無憾。小孩活力充沛地一早就下成一場清新的大雨。在白色的早餐裡被安靜地吃掉了。在白色的奶油裡忘記了我自己。

這是我釘出來的箭頭。釘出來的無形無狀。他走後每一天都是不同的三角形窗戶。寫作的時候我認出了這裡。認出了這種一筆一劃。認出橋上的麻雀野草。穿過膝上的痣。傷疤。在這裡我最後一躍。達到了三角形的頂端。我突然醒來。多年後我憶起台北。我突然醒來。

那渾圓的紅色。港口的箭頭。豐厚的小瀑布。推動風車葉片。重複的動作。告訴你的手指。你的安慰劑。供你吸。那已經遺失的十年。十天。那條線叫了一聲。隨風鼓動。沾黏的油脂。上岸後戴上你的面具一同散步。和身上的繡花一同靜止。到達山峰的馬。在三角海岸卸下指甲的妝。

我把兒子畫在那張大張的紙上。玻璃窗上的燕子。貓都出去看鳥了。那山的入口很低。又是泥又是水。他一把抓住了那根莖。把花盆弄破了。

那白色台北。是昨天摘的。還新鮮。我還從詩裡帶來了一隻山羊。

牠閉上眼睛準備被剃毛。想被編織成毛衣。
我們玩積木吧。

春天已經開始

春天已經開始。在我手上滴溜溜轉。在外面公園的樹梢上。台北的春天有小孩的人都出來了。帶著小孩在公園野餐。鳥正在撲動翅膀。湖水親吻野鴨。我身體瘦了。我心靈在疾走。那些欺侮我的人，我要把你們寫下來。我認識一位書的設計師。每個月做好幾本書。月入十萬以上。她最喜歡燙金燙銀。好像沒燙金燙銀她沒法做設計。太好命了。太好命的人是寫不出詩的。太好命的詩不好看。我們都是有禮貌的人。絕對是有禮貌的。不會開口說別人的東西不好。

那些短袖已經準備好迎接夏天了。貓的嘔吐小孩的玩具讓我指望陽台。把視野都投擲在陽台。耳朵是我的窗。所以我每天開很大聲的音樂。我不聰明。才在外面遊蕩很久。才會把貓的畫像高掛牆頭。那幾年六點多要起床弄小孩早餐。等我摸摸自己的雙眼。把自己弄醒。當春天已經開始。台北人假裝用穿著打扮迎接春天。春天偶爾還是捎來冷風。我身上保留的那顆老家赤道的火種。被我舔上一口。

我對著阿美寫。背對著我媽媽寫。對著故鄉那條又濁又臭的河寫。幾個月的冬天。我身上都要穿上至少三層毛衣。還不時要借穿阿美的。冷讓我每天要向她打招呼。說瘋話。故鄉的那條河縮在我台北的房子裡。漲潮。退潮。我從指尖指縫就看到了我媽媽。身體顫抖一頭白髮。那少數的。少數的。我獨坐的夜晚。我獨坐著就成了自己的老年。就坐成了一頭白髮。我往日的靈魂都來了。乖乖坐在我身邊。我因為冷而意志低落。因為洗陽台而注入活力。那很多年。我思考人做家事的意義。那年的台北我還在陽台種過一棵桑樹。我拿的畫筆。一高一低。一輕一重。一筆一劃寫了那些壞天氣。書本的扉頁起了霉斑。台北的霉斑。

當我因為穿了件寬鬆睡衣，無意裸半個肩在曬衣。是誰在偷看我。當我大聲對愛貓說情話。是誰在偷聽。當巷弄中起了瘋子似的叫罵聲。我已不會屏息探頭去看。我早已習慣台北的瘋人。因為我也是其中一個。台北馬桶的抽水聲壓過了雨聲。冷氣的噪音也永遠壓過雨聲。台北聽不見雨。台北是把門窗鎖上開冷氣的。有才華的人們把才華都拋棄在這樣的城市裡。接著一個一個被忘記。一個一個準確找到了回家的路。一個一個離開了台北。準確地死亡。我偷拔了台北華山的一顆幼苗。我兒子老在台北便利店看糖果買糖果。

今夜我和多年前的台北一起睡去。我不大像這裡的人。有隻好貓和我在一起。大家都要先後被燒掉。去了貓的身體後我就回不來了。我喜歡在那裡玩耍。你還不去洗衣。洗自己的靈魂。自己的乳房。我對洗東西越來越駕輕就熟。對回憶也是。硬的。軟的。柔的。刺的。細的。滑的。都可以。因為我現在已經柔順得沒有了重量。因為我的柔順已經鍛鍊好。我用柔順包裹母親的老年。自己的老年。天知道人們巴望柔順。巴望柔順二十四小時。巴望好山好水好身體。可我臉上長年野生的污漬還沒完全洗掉。不要跟來。不要管我。

多年後我憶起冬天

我現在要開始寫作。寫我那時每回都迫不及待想要迎接春天。因為我的雙手冰凍。沒有人敢被觸碰。我在陽台添加了一排虎尾蘭。因為我的鄰居在施工。成天散布有害氣體。噪音組成的房子早就比這原來數百戶人家更大了。他們把木頭用那些難聞的膠貼在原來的牆壁上，製造假的木房子。那膠的氣味令人退避三尺。所有鄰居都無路可退。

在那小小的方塊中間。這個小房子。每家人把自己關在小小方塊裡。使我更迫不及待想要迎接春天。我所能做的僅是添購陽台的植物。它們新的體積、模樣、數量，成了我對春天的指望。那一年，二月中後，我買完了虎尾蘭，又買了百香果。我想要春天它即將爬滿我陽台一條條的圍欄。讓鄰居都以為我是瘋子。所有鄰居都不種東西了。他們都把陽台隔成室內。把房子外擴。他們沒有人想把空間讓給植物住。越是這樣，我越想添購更多的植物，特別是便宜、耐長、體積大——爬牆的、垂吊的、高瘦的。我陽台的植物，很多都歷史悠久。我一年一年養大的。每到冬末。我添購的欲望特別強烈。迫不及待想擠滿我那其實沒有直接日照的陽台。因為更高樓層的人把陽台外擴，頂樓加蓋，僅有的陽光都被拿走了。

那種天氣我頭腦的鍛鍊還沒完成。身體的鍛鍊還沒完成。我在想貓睡覺的時候去了哪裡。我也想去那個地方。能夠有這樣可以讓我臉對臉的貓。讓人感到那樣多倍的幸福。我從牠那裡。進到了乳房的山洞。我要穿很多衣服。才可以像牠們那樣說話。我要睡很久。才可以像牠們那樣走來走去。我要聞貓的味道很久。才有力氣去換被經血弄髒的床單。

那種連雨又濕冷的天氣令人迫不及待春天。加上我迫不及待要隔絕我的鄰居。或許更迫不及待用寫作離開台北。每天打掃。每天思考打掃的意義。掃自己的身體。掃自己的垃圾。每天注入水份。我不像這裡的人。我並不像哪裡的人。跟野狗一樣。每天穿得不像台北人。頭髮都是亂的。雖然我感覺我找到了自己。雖然我感覺白天裝滿了我雙眼。

那種天氣沒有任何刺眼的陽光。像被毀掉過的太陽。硬是要起床。我和愛貓阿美那時候。還有新來的貓來福。我們睡在同一張床上。吸收彼此身上的陽光。

當時我最討厭對面三樓的大聲婆。我想像過數次她死後巷子安靜的模樣。我沒有能力去想自己搬離這社區的樣子。而是去想像討厭的人的死。我就寄生在我討厭的人的房子裡。寄生的只有書寫的能力。沒有租房的能力。只有在文字裡毀滅別人的能力。來助長自己度過冬天。一年一年的冬天。每一年面對冬天我都能找到新的花樣。找到用貧窮主義的方式來安樂自己。

在台北我不買衣的。我壓抑自己。我不想穿得和他們一樣。我也沒法穿得像他們一樣。反正在哪裡我都沒法穿得像那裡的人。我生來是要穿十年前的二手衣。或是穿一些像袋子的不合身衣服。在那時的台北我有兩種時間。所以我可以寫作。一是實際的時間。一種是貓給我的時間。所以我一定要養貓。

台北是一個收容病人的場所。我也是其中一位被收留過的病人。或是因為留在那裡而生了病。在那裡跨年的煙火絢爛。炸開在我廚房的水槽裡。煙火計算準確地爆在台北的天空。映在地上的是五顏六色的動物鬼魂。我在洗碗的時候那樣一個個煙火就從水柱裡噴出。把水關了煙火就消失了。在那裡我被照亮了。很快又消失了。什麼也沒有。我把手擦乾。那些在冬天的乾燥與冷水中變形的皮膚永遠怪模怪樣。怪不得這裡的皮膚診所一間又一間。我只有在這裡皮膚才有病。在這裡才會意識到皮膚、指甲、頭髮、脖子。因為我的脖子離開不了圍巾。我的頭髮還沒適應這裡的濕度。我的皮膚指甲也沒適應好。我的血液我的心臟我的房子和室外的溫度一樣低。我的體溫也降至和房子一樣。在這裡我才意識到自己的雙手雙腳。意識到身體。意識到時間。意識到空氣的侵蝕。我成天在家裡穿著臃腫的外套。

我只記得其中一兩個冬天。我只記得冬天不記得夏天。記得很多次的孩子。記得那些突然長大的瞬間。突然就只想緊緊地抱著他。人們在童年收集純粹的快樂。好度過大人無盡的長冬。我在他身上慢慢一點一點才懂得那童年之於一個人身上的作用。童年夠長久才越能抵禦大人世界的無情。很多人都忘記了那個地方。我才又回去那裡去了好幾次。

我沒有全心全意愛這裡。我跳入的是別人的台北。這個好像把我弄得體體面面的城市。我的體體面面是不堪一擊的。一下就粉碎了。可我很快又把自己組合起來。因為我是局外人。你無法摧毀我。我沒有根。你拔不到我。我睡在一個島上。我永不分離的醜貓阿美已灌入我鮮紅的血裡。誰都帶不走。我一次又一次回去的台北。是那個有阿美的身體的台北。我們牢牢依偎在一起的台北。

那個台北那樣漲紅。假的紅色。升起又落下。那個令人生病的台北。

沒有人想去打掃。

那時候我想不要管水槽

那時候禮拜天泡咖啡泡一半就被打斷了。洗衣機嗶嗶嗶洗好了。兒子要我找出新毯子給他用。要我清貓抓的蟑螂。要我抱來福給他摸。我還要幫來福擦眼屎。外面突然就傳來貓的嘶叫。要趕緊下去餵牠們。早上就下去兩回餵了四隻。回來餵家裡的兩隻。兒子說要洗玩具從浴室自己推出了滿滿的一桶水。我強迫我兒子我的貓跟我一起聽中國搖滾。他說媽媽你聽的音樂太悲傷了。我都快哭出來了。我假裝沒聽到。薑用完了。待會沒法蒸魚。一個早上就狠狠洗了兩輪衣。還去買了新鮮的菜。洋菇。小秋葵。等下煮完兒子說他不喜歡吃這些。還有人打電話來說怎麼沒帶兒子出去玩。我一聽這句話怒不可抑。你知道我昨天一個人拉他去教課。晚上請他吃大餐又東買西買嗎。你男人上班應酬都不會帶小孩去。你性別歧視你厚顏無恥。什麼時候我罵人會用成語了。我渾身汗一身狼狽很想洗澡。熱水器壞了修了一次。不是熱水器的問題是水壓不足。這老寓問題越來越多了。一間浴室老是阻塞不能用。前幾天用小蘇打粉加過期的醋自己疏通廚房水槽。連買那種一瓶一百多塊的藥劑都要省。連幾天大雨我去陽台瞥見天花板滲出水。買了二十七元的一塊薑。洗薑。洗菜。洗內褲。我的手變得很怕水。我喝了甘蔗汁加一顆五元的檸檬給自己補充維他命C。那位臭兒子一直在流鼻水吸臭鼻涕。每天死要對著電風扇吹又不要蓋被。我恐嚇他再不好好喝水下週沒法帶他去住飯店。地上毯子髒到都變色了。等下我要拿去洗。現在前後陽台都曬滿了衣服。我瞥見樓下主婦擺出了整整齊齊一家人七雙鞋子。心裡感到厭煩。這是什麼女人還幫全家人洗鞋。一大早在洗這種東西。昨天殘留的一兩個碗我都還不想洗。香蕉放到越長越多斑點急速變爛中。在抽風機嗡嗡聲中我細細地切了那用了好幾次葉子變黃變爛的葉菜。去上廁所兒子把廁所用髒了把衛生紙用得快沒了。瓦斯爐一邊突然就不能用了。我不會修。貓碗殘留的罐頭肉螞蟻準備要來了。我得把它拿去水槽。兒子洗玩具地上濕布兩條。我要去洗碗。洗客廳毯子。早上的咖啡還有四分之三就知道我坐下來的時間很少。地上有昨天回來的包包一地凌亂的玩具連貓走路都要繞來繞去。我不知道這樣寫下去何時才能寫完。我都寫到快岔氣了。一個小家庭的週日狀態。安息日是要如何安息如何不做事。我的瀏海黏在額頭上不好受。我的筆不知被誰掃在地上。兒子那天在學校換回來的蝙蝠俠氣球。我的愛貓竟然走過來狠狠咬了我的小腿。我尖叫。那間贈品貓屋已經被解體一半。躺在地上佔了很大的空間。我兒子昨天叫我在便利店買的KidO餅乾怎會放在地上。他喝完果汁的杯子就擺在椅子上。我眼鏡怎又髒掉了。除濕機每天都要除掉一桶水。熱水器裡沒水了我要去裝水。一片小小的葉菜掉在地上我死都不想撿。只想去煩阿美去磨她那顆臭頭。外面集了兩天的垃圾。出門就一直忘了買垃圾袋。明明該去洗澡換件衣又犯懶犯臭。沙發上什麼時候坐滿了三個包一堆亂書亂玩具。他喝甘庶汁喝到地上桌上我忍不住大吼了。

我坐下來安慰自己把咖啡喝下去一切會變得沒事。為什麼這個世界可以在一個早上變得如此不堪。什麼時候我才可以振作起來。洗洗澡去打開電腦。又為什麼剩飯還沒收。去市場一次買了太多水果。正在以同等速度變熟。我看桌上那兩顆大木瓜。為什麼我都買了黃色的水果。冰箱還有三分之一沒吃完的鳳梨。桌上還有一盒奇異果。不要再寫下去了。寫不完的。剛清完的貓砂某隻貓又去大了。還把貓砂噴出來。有次老老實實仔細清完。胖貓又尿。尿到外面地板。她竟然就不斷把砂挖到貓砂盆外去覆蓋。我看著她做這些事。再也提不起勁去打掃。花了幾百塊在網路書店買到一本內容重複的。圖很爛紙很爛的書。好了我因為熱水器壞掉現在在等水開了要去洗澡。我看到阿美去喝澆花器裡的水了。我兒子畫的畫還沒幫他掃描存檔。我穿內褲打開後陽台準備賞花對樓陽台站著一個男人。我想著等下我兒子起床我要帶他去曬太陽放放電。又什麼都不用做了。我還要剪指甲幫貓換水。為什麼我肚子又餓了。我還想換客廳窗簾。那張用了半個冬天的大地毯還捲起來放在那裡。提不起勁叫洗衣店來收。因為戶頭裡沒錢了。如果不是有這麼可愛的貓誰要活下去。

那時候我逼我兒子吃小番茄。逼我兒子喝水。飯的蒸氣掠過我的臉。我的臉兇了我兒子。都是熱氣的錯。我在和瓦斯的熱氣搏鬥。油煙進入我的肺。我的骨頭。我的額頭。油瓶上殘留的油殘留到我手上。我的衣衫褲子上。我從一字形的廚房滾出來。滾成一顆黑蒜頭。把自己放進冰箱裡。

都是熱氣的錯。

那時候我兒子正在給我口臭。給我口臭對著我哈氣。他不知道什麼是口臭。他的鼻子親上我的鼻子笑得樂不可支。他說長大後可以不要結婚嗎。因為他想和我永遠在一起。他會走路後還是在家裡爬來爬去滾來滾去。每一寸的縫隙他都進去過都玩過。

那時候我的貓正在給我眼屎。她臉上有整整三個月在外面鬼混的眼屎。當然她不知道她有眼屎。每天叫她洗臉洗乾淨一點她也不會洗。就那樣去躺在我枕頭上我棉被上還貼著我的頭髮。還有她的髒手髒腳。我可以體諒這種臭這種髒。那是牠們年幼的臭年幼的髒。若是一個乾乾淨淨的孩子那是被媽媽好好擦過的。可我不想幫牠們擦幫牠們洗就是。

那時候我再不洗衣我兒子就沒褲子穿了。他的襪子好臭。他的恐龍衣妖怪手錶外套蜘蛛人的褲子。還有我有油煙味有貓毛的衣服。還有我一心想銷毀的小腹。我吃下去的香蕉的斑點。維他命好命壞命我的他的。都被我丟去洗了。

那時候我再不煮飯我兒子就沒東西吃了。他開始吃零食吃糖果。我叫他洗碗他問要不要洗我的。我叫他幫我拿東西他拿到門口還給我。我也把他的直排輪放地上叫他自己拿。我說要把他送去收容所。當他的媽媽太累了。他把門關起來不要讓我出去。他每天要我陪他睡。我說只有一三五。他還要我幫他擦背。每天洗完澡都要喊我進去。我死不進去他會哭著濕淋淋出來說我怎不幫他擦背。他老說我對他不好。沒有陪他玩。他說他要吃玉米罐頭。隔天我就去買。他說他想吃蝦子。下午我就去買。花了兩百塊。他叫我早點去接他。我說好。他說要喝羊奶。我速速下了訂單。他要吃香腸炒飯要吃鍋貼我都記在心上。我一天到晚都在滿足他的需求。他在喊我都沒陪他玩。在叫無聊。我就搬出這些事和他說。要我幫他蓋被子。講兩個鬼故事。掏耳朵。我的時間都被他佔領了。還要央求他明理。給我一點自由時光。可看書不到一小時我又睏了。我又想頭腦空空地躺在他身邊。他睡著了我爬進他的熟睡裡。和他的熟睡一起熟睡。跟他要一點熟睡。分一點他暖呼呼的身體。

那時候我想不要管水槽。不要管碗底的垢。不要管廚餘。

不要管兒子的牙齒。

不要管我是不是好母親。

可我還是在廚餘袋上打了結。收了桌上兒子沒丟的衛生紙。

滿地的玩具。孩子的髒臉照亮了我。

自傳

這篇文章後來被刪掉了。被從另一個地方颳來的鬼風颳走了。我腦上殘留了一些。我不死心想重寫下來。卻更不會寫了。又刪掉了。濕黏的泥土緊緊地握住了我的手。我的手打字沒法靈活。在台北的十字路口人來車往的我的腦袋被車聲人聲撞得飛進飛出。在便利店的透明玻璃中反射出我的手。我打字的手失憶了。我的腦被拿去烤了。我是新來的人。好像一切要重新開始。

我拿著新的書走在台北大街上。沒有人可以分享我的喜悅。去了那個地方人就會變成這樣。更不會寫了。寫了又刪了。又被那陣鬼風颳走。又被泥土黏上。這長長的坑。工人們在施工。那地裡已沒有生物。像我現在的頭腦。新來的人手裡拿了本新的書。沒有人可以分享他的喜悅。只有路邊的草。他走到停車場看天上的月亮。月亮啊我跟你一點也不熟。而且我沒時間跟月亮說話。等月亮回應。我兒子在等我。還玩什麼社交媒體。我的眼睛已經一天比一天更小了。

多年後我憶起的台北。該出門離開了那時。剛剪好的指甲。剛剪短了的頭髮。桌子已經擦了又擦。和貓四目相望了數次。穿上一般的布鞋就好。還有二手皮外套。我要將你們一隻一隻久久地抱在懷裡。我摸到我媽媽的顫抖。我的字在那時跑掉了。我沒做別的事只去掃了地。藍色的花被搗成了藍色染料。白色的布被洗上了藍色。我的身體被彎成了藍色。我的膝蓋被彎成了掃把。彎成了我媽媽的手杖。倚在牆角。

多年後我憶起的台北。你寫了那麼多家務事還不夠嗎？擦了千萬次無聊的桌子。拖了千萬次的地。你的耳膜麻痺音樂越開越大聲。跟貓一樣咬住自己尾巴發瘋。我已經讀了你的自傳。你的自傳寫了台北公車。空蕩蕩不載客的回站公車。車體上沒有廣告的台北公車。那些都很少見。人行道的摩托車聲把我的耳朵牢牢地黏著。便利店的門開了又開迎接了在那車陣裡坐著的一對對幸福戀人。你把情侶都擠出去了。駝了所有人的背。你的自傳被彎成了一把傘。被不認識的人拿在手裡。

多年後我憶起的台北。春天被降溫的雨刪掉了。刪掉了好幾天的春天。連幾天都是毛毛雨的台北春天。雨下個不停把所有人都變成一樣的。把所有野貓都藏了起來。那時候我還沒開始寫詩。也沒努力工作。沒用心當媽媽。我讀了很多隻貓。早上讀牠們的屎。晚上讀牠們的屎。讀牠們的毛。皮。臉。手。腳。每一個地方都讀了很多次。有的時候我鍛鍊自己。先是把耳膜變柔軟。把手洗冷水。一次一次變得不像我的手。然後再去摸貓。讓貓毛修復我的手。把門敞開讓自己很冷。然後再去穿大外套。我坐在這裡。就被南中國海的浪打到。還淋了台北春天一點都不溫暖的雨。你別再說了。說你討厭台北。討厭台北的天氣。說你永遠看不懂台北的天氣預測。永遠穿不夠。永遠穿太厚。永遠像個東南亞人。不夠靈光的。講話又不好聽。太直接。還粗聲粗氣。你夠了吧。你。走呀。你怎不回去。

那時我身上藏著那個天天向前走的孩子。我偷偷新生的孩子。他轉動我的肩胛骨。我的頭蓋骨膝蓋骨。每次我氣我兒子。我準備把你忘掉。我已經準備把你忘掉。這樣我才不會難過。他每天緊貼著我睡。死死要跟著我睡。他的汗味。孩子味。緊貼著我。要和我蓋同一條被子。

我睡著了。掉下去了。我的眼睛撞上了青苔台階。骨頭站起來了。醒來了。中午大中午我們去外面。要了一層太陽。太陽有沒有把我的內褲曬乾淨。我身體這艘船聞到香蕉熟成的味道了。我媽媽種的香蕉。叫我去幫她砍下來。一揮刀整串跌坐在地上的香蕉。我吃了一根又一根的香蕉。這香蕉的模樣就是鄉愁。我兒子在旁邊看短片。他不知道他媽媽在吃鄉愁。

以後會有早晨的眼屎。還有缺掉的牙。冬天坐著就變冰塊的膝蓋。去洗洗你的嘴對面大聲婆。從收容所來的貓長大了一點。陽台鐵欄杆模糊了。重複得像風的電燈柱。來賽跑吧。把我媽媽老化的腳放在我肚子休息。把我兒子從狼的嘴裡救出來。我自己是刺繡。一天刺一小片。那樣小聲的動物就是貓。那樣模糊的視線就是作家的未來。我撕破的唇。小小聲的顏色。別人看不到的。淺淺的撕破。我把腳穿進我外套的兩隻手臂。早上餵過野貓。中午牠們跑去睡覺了。我住在別人的房子。別人在台北的房子。我住在別人的時間裡。要洗米。準備煮飯。因為是別人的。我就讓它不完美。讓生活不完美。我的創作也不完美。完美沒什麼好處。

你寫什麼自傳

那時我在吸洗碗精的味道。吸掃把的味道。吸拖把的味道。那些味道塞滿了我的嘴。還有台北夏天冷氣機轟鳴的噪音。我的耳朵在吸那些噪音。我的肺我的耳洞塞滿了人造廢物。晚落的太陽。晚起的月亮。晚開的杜鵑花。張著俗氣的顏色。叫他們不要去修剪那些花草。剪得太醜了。我靜脈曲張的腿和疊上了母親的老人腿。我的臉疊上了母親的老人臉。晚開的花晚起的月亮。晚上。吹到人的臉上。我的固執已經被打開了。

不就是陽光照在我台北的髒紗窗上。有個鐵柵欄的斜形。我忍不住想像兒子在學校的模樣。像所有媽媽一樣忍不住有一點擔心。忍不住要去收藏那一點的美好。他畫的畫。寫的小孩子的字。從無到有的這些。不就是一個媽媽。我大部份時間想忘記掉的身份。那個牢牢不可破的。永遠磨損不了的身份。比鐵還硬。不會鏽。不會爛的身份。

他上國小後很喜歡削鉛筆。用鉛筆機咻咻地轉。他以前手力氣不夠。也沒法協調好。大人對削鉛筆機已經一點興趣都不會有了。我隨意擱在桌上用的鉛筆他都會偷拿去幫我削好再放回原位。我桌上常有一本筆記本。他偶爾會偷偷在我本子裡寫字。比如在我的待辦事項紙條上，他寫下了自己的名字。因為他只會寫自己的名字。好像他成為我的一個待辦事項。更會寫字後，他會抄我的字。短短一句。我知道他還不懂。

那時候小孩還小還有兩隻貓。三不五時都在打掃。好像每三不五天都是打掃日。這層主婦病。已經成為我身上的汗腺。動不動就要出汗。像汗一樣黏在我身上。洗個澡又來了。假日吃飽飯想去躺在床上放懶，可我竟然像主婦一樣去洗了碗，碗快洗好時洗衣機嗶嗶叫洗好了。我先收掉衣服。再晾。洗衣機空了。又放下一批。然後我答應兒子要帶他去買霜淇淋。我們走路去買。路上有小孩在歇斯底里地鬧。整條馬路都驚心動魄。每次遇到又哭又跳又叫的小孩我都慶幸自己的兒子沒有這樣過。我們邊走邊吃。連路上的阿伯都搭訕我兒子。回到家我躺在床上。覺得一天已經被兒子用完。

而關於兒子。我不想再多寫了。因為我知道那一天終會到來。他小時候死死纏住的媽媽終究會像月亮那樣越來越小越來越遠。他終會穩健的，他早就會了，在一塊塊大石塊上跳躍。就像現在砰一聲！從桌子跳到地上。那些芝麻綠豆紅豆全數滾到地上。收拾不了。收不乾淨。

那時候一塊不到一百塊的香皂可以令我的身體起死回生。我一點一滴減低生活所需。我那時都在餵貓。早午晚都去後巷看看。隨身帶著飼料罐貓草罐。還有一兩個罐頭。一大包三公斤的飼料不到一個月就快見底了。那陣子旁邊的寵物店只要拿空的飼料袋就可以換到兼收納功能的塑膠椅子。我跟我兒子一共去換了四個。兒子每回都開開心心地抱著那種椅子回家。每天都坐在上面吃東西。那時候我對打掃越來越有心得。對家裡的每一塊地板越來越熟。越來越認命。餵貓的時間越來越多。

大中午我到沒人的停車場找貓。好幾隻壯碩的台灣藍鵲在我上空飛舞。把我劈成兩半。我變輕了。一貧如洗的身體。走投無路的臉。像老人的月亮。老人的詩集。我的童年還保有我熟悉的力量。就算我摸黑回去。就算一片模糊。就算我回去時已經所剩無幾。

當我想到自己有能力寫。我一再清洗我的眼鏡。一再瞄向時鐘。每天早上十點。就是我的告一段落。一切已經合攏。已經擦拭乾淨。已經被結紮。像阿美一樣強壯的結紮少女。

你寫什麼自傳？你看那隻新來的貓已經睡到你床上去了。已經長得很大了。

我寫在台北後陽台的自傳

我在寫自傳。我養的第一隻台北貓寶兒在某年的八月走了。我寫了老貓簡史。我好像在生小孩前的事都丟了。所以對這隻老貓我記得很少。如果不是我拍的那上百張照片。我好像忘記我們曾經這麼親近。而在寶兒走後，我又發現她活著時的所有年份也跟著走了。她走後我開始了一份新的記憶。我開始留意社區警衛是早上六點上班。晚上七點下班。我開始留意社區鄰居的臉。我開始留意社區的每一角落每個後巷。我好像變成了每天巡邏的警衛。每天八點。一點。晚上都會出巡一次。我在找貓。寶兒走後，寶兒走後不到一年，發生的很多和貓有關的事。

那天晚上我想。好吧，神要我遇見幾隻貓。放馬過來吧。很多個晚上我都這樣想。放貓過來吧。你到底要我遇見幾隻貓。要我受怎樣的眼光指責。因為是貓的事。我一點都不怕。因為貓給我太多了。我此生就這樣去還。一點都沒關係。那些吃很飽的人不配說話。如果你不能同感貓的餓。還討厭那些餵野貓的人的話。你下輩子會變成一隻餓貓的。餓了三天餓到昏死在陽光下。然後你就會知道餓。知道閉嘴。知道去友善野貓野狗。知道去變成一隻貓。

寶兒，你走了後我好像才活在這裡。你走了我遇見了來福，當時還有姊妹貓阿花阿比（牠們陸續被美容店收養）。老公貓。後來有阿仙、圓圓兄弟貓。後來有琪琪。每天固定看到的是阿仙、琪琪、阿比。還有偶爾會看到的旦旦（後來她被一對每天來看她的兄妹抱回家了）。還有我在等她出現的老貓花花。我每天出門揹一個包。裡面是飼料。兩個罐頭。兩個塑膠盤。塑膠刀（挖罐頭的）。貓草。木天蓼。遇到任何一隻我就給完整的一個罐罐。我在兩個地方放了飼料碗和水碗。早晚固定添滿。髒了換碗。換水。我在供奉神。神看不到你都在拜。這活的神你怎不好好對待。

台北的房子兩天就會一團亂。我的星星月亮太陽的碎屑。那時我小孩牙齒中間有個窗戶。那小屋之中有一條通往樂園的路。他還是個孩子。會要媽媽抱抱的孩子。誰會在假日午後打開電腦寫詩。單身的、沒小孩的人。也有像我這樣先不管小孩擠出一兩個小時寫作的人。有的時候我就想倒在床上。特別是在假日的午後。好像可以對什麼都不在意的午後。可以放縱自己愛吃什麼就吃什麼的午後。可我所有假日幾乎都被小孩破壞。也被我自己破壞。被我的主婦腦打掃腦破壞。人沒什麼特別的。一樣貪生怕死。一樣被分心。

我堆滿廢物的後陽台。堆滿廢物的臉。堆滿我晾衣服的手。躺在台北後巷的。陽台的臉。已經變成黑黑的灰塵。孩子用紙做成的劍。這空氣裡就有一間廢棄的孩子的玩具屋。有孩子才記得的羊腸小徑。還丟著亂七八糟的廉價塑膠玩具。我的腳踏車滑過地攤一盤一百塊的木瓜。水梨。我的貓打了我的臉。我的鼻子。常常掉毛。所以我每兩天要打掃一次。而後陽台是不打掃的。那裡收了好多隻我失手掉下衣架的手。堆滿了所有掉下來的手。所有家庭主婦年輕力壯的手。那些髒黑在我舔掉的銀湯匙上。假的銀光色。

那香蕉樹不結果了。要砍掉。不然會有鬼。我多半用這種刀子來砍樹。多半用這種油來清油墨。把一瓶油用完要很久。最終那些東西都突然鬆手了。都變小了。最終每顆心臟都要休息。再見。下次再見。我會把我的褲子穿得像工地工人那樣爛。最後，都上了船。也變成了錨。硬得可以安穩下沉了。就是這樣的吧。沒頭沒尾的死。

兒子在我母親節的卡片上寫：媽媽，你每天都要跟我一起睡覺。好吧。今天我陪你睡。兒子又說，明天你要陪我睡。你沒小孩吧。晚上才有空看電影。你知道嗎，那隻新來的貓每天吃飼料都掉滿地，還沒看過這麼會漏嘴的貓。我彎下腰，又直起來，我記起來，又忘掉。那幾隻貓在沙發上睡一排的背景。穿過了我現在的身體。那時我拿的都是爛傘。沒有一把傘是超過一百塊的。那時我用三個洗衣袋。我管轄兩隻家貓。三隻野貓。一天要分頭和牠們說好幾次話。那話的音量是比跟人說話還輕柔的。我管轄的幸福被圍攻了。忙得不可開交。我管轄的疲勞。已經飽了。每天我躺在床上就睡去了。我的手，就和那朵貓大花一起睡。行文至此，老貓你的酒杯給我吧。垃圾給我吧。我在自己的自傳裡。重新讓那些貓一隻一隻活回來。我是牠們的獨生女。我是一張桌子。有四隻腳。不會倒。風壓在紗門孔洞。洗澡已經沒有用。

連落葉都飛不進後巷的。可能有一些孢子準備在這陰臭的地方長大。賣花的人說這種樹只要一點陽光就可以活。我聽了就買了。我的房子就只有一點陽光。我們都是只要一點陽光就可以活的人。後來那只需要一點陽光就可以活的樹竟然死了。

我的記憶冒出冷汗。頭髮像剛起床。

有一些事我管不了。管了生煙。燒自己。
我的腦成了一顆綠豆。掉進水槽裡不見了。

台北後巷

那時我的衣服曬了三天。吹了三天的冷風。台北後巷窄窄的冷風。卻是衣服們唯一的自然乾燥劑。我的衣服們沒見過大太陽。不論春夏秋冬。台北後巷都是陰天陽光永遠都是斜射反射漫射沒有直射過。兩邊的高樓把陽光劫走了。石磚地上自然地發出青苔還有好幾顆小小的蕨類坐在路中間。偶有午後斜陽灑滿後巷，大家都抓緊收攏這難得的金黃色。連我枯槁的多肉植物都在陽光下熠熠生輝。衣服也都分到了一些能量。

我跟著台北。或是台北跟了我。走到樓下門口。當時我已對台北瞭若指掌。已經胸中有數。我可以處理台北反覆出現的濕氣。處理台北鄰居關不掉的噪音。處理車輪壓過馬路的震動聲。那些都壓不過我輕輕搖晃貓飼料罐的聲音。這些都壓不過我和野貓的行蹤。我們約定好幾點碰面。牠們會如約出現的。牠們的臉就像我老朋友的臉一樣。我們說話聊天就像老朋友一樣。即便我知道有小眼睛在偷看我們。我從那些貓的耳朵就看到了。我從那些人的身影就知道了。從他們的腳步聲就知道了。

阿美，那時阿仙像男朋友一樣坐在機車上等我。有時我忘了約定。晚了一小時。可我還是找到她了。她和阿比在矮樹叢那裡。認識了這些野貓。我才知道了台北後巷。台北後巷就是兩座建築體背對背中間的縫隙。平常人類不會走進那裡。那裡是野貓的。人類把野貓都排擠到後巷。晚上十點以後。我潛入野貓的台北。我爬進漆黑的後巷裡。把我的肺裝滿了台北後巷的氣味。貓王坐在人類丟棄的辦公椅上。背對著我。貓王坐在冷氣機上的遮雨棚上。我和牠們都是一樣的。牠們不會怕我。我身上有貓的靈魂。我為這點感到驕傲。

站在台北後巷可能會有冒失的人澆花直接澆下來。可能會有冒失的人曬衣失手掉了衣架。還有些暫時不要的椅子健身器材最多的是掃把拖把都先堆在後巷。破掉的早期瓦片屋頂現在的遮陽片隨時被野風吹落砸在地上。左右兩旁滿滿的是冷氣機各種年代各種廠牌的多半已鏽跡斑斑。我瞭解台北後巷因為我每天去那裡餵野貓。像小偷一樣餵貓。我抬頭看上去永遠不知道有沒有人剛好在曬衣往下瞥見了可疑份子。我抬頭看上去覺得自己好像做了不該做的事。不該偷看大家的後陽台。每一層的遮雨棚上都散落了上一樓層失手的垃圾。在那個人手不及的空間裡準備接受空氣的侵蝕。在這個人手觸不及的台北。我安心地站在那裡。守著我的野貓。等牠們吃完罐頭。把垃圾帶走。不留一絲痕跡。

等我從後巷爬出來後，天就亮了。夜色從後巷斜斜地爬出來。太陽斜斜地進去。我感到自己更不像人類。我的腳步變無聲。手也變得靈巧。我要幫牠們擦眼屎。要欣賞牠們的表演。牠們身上有比人類更圓的靈魂。圓形的靈魂。像球那樣靈動。會滾的。移動迅速的靈魂。

而那時春天快到了。春天灑在那些有錢人的櫻花樹上。我破爛的常春藤一條一條藤蔓爛掉的常春藤我先生說醜死了的常春藤我從外面拔一條回來現在發滿我陽台的常春藤。我的常春藤爬得亂七八糟它們大概也不知該怎麼爬在台北的柵欄鋁條上。一條一條的間距對它來說過大。它又沒法好好爬在我的柵欄，動不動就想爬到樓下的屋頂上。它們覺得要能爬在遮陽棚幸福多了。因此有些不幸夭折。偶爾我會一條一條把它們小心拉回來纏繞在我的柵欄上。免得被鄰居投訴。說我的爛植物擋到了他們的陽光。我先生喜歡說爛。爛三小。爛東東。這種爛老婆。養爛貓。種一堆爛植物。寫的是爛書沒人看。

而春天也在我手上發了芽。我和幾隻野貓的感情也越來越好。我可以摸摸牠們。像老朋友碰面一樣愉悅。那是我在台北給得起的一份飽足。那是我以寫作賺取的錢我可以分給野貓的一份。我先生說我賺的錢也不會分給他。我是爛老婆為什麼要分給他我不如分給野貓。當然他不知道我拿去分給野貓。若知道八成會說我爛。爛好人。自己都顧不好還去假好心餵貓。

我在台北的家庭是刀子進刀子出的。所以我才會站在台北後巷。我才會發現野貓。在捉摸不定的生活裡這時間還夠我去餵野貓的。我老是把音樂開很大聲因為對面鄰居不當老師太可惜。她天然的大嗓門不要拿來在家庭吵架裡浪費。當然台北後巷在假日會充斥各式各樣的家庭對話。我不是要偷聽。雖是春天了我還是在脖子上緊緊地紮了條圍巾。我永遠把頭髮束起來因為我像小偷一樣不能讓頭髮擋住了眼角餘光。在台北後巷探頭探腦找貓。更多時候我只是站在那裡。站在那裡成為台北後巷的其中一件廢棄物。等待我的野貓朋友跳著無聲出現。我跟牠們在一起也是無聲的。我必須像隱形人一樣無聲無形。才能遁入野貓的後巷。

台北棺材病

阿美呀。我的冰箱有用到一半的玉米罐頭。半碗飯。放了快一個禮拜了。上週六打包回來沒喝完的番茄湯。一顆快兩週沒吃正在發爛的芒果。一顆可能超過一個月的高麗菜。用剩一點的。半顆也是正在發爛的木瓜。半顆西瓜。好幾顆地瓜。放了不知多久了。還有只能用一週的貓眼藥水。明明早就可以丟了。還有因為我借她動物傷藥的鄰居給我的只吃了幾口的小菜。還有那些瓶瓶罐罐。我的冰箱可以寫好幾段寫滿一頁了。還沒寫到冷凍庫。

如果我突然走了。來清理後事的人會怎麼想。我豈不被掛上又懶又髒的罪名。我的生活有一度就是這樣。在外面教課教得好像意氣風發。好像言之有物。好像受大家歡迎。可回到家裡。我什麼都不想做。可以發爛的地方就去爛吧。我不知道冰箱是不是我生活的投射。還是人會需要一個像冰箱那樣可以存放腐爛的地方。

要不是每週我朋友要來幫我顧兒子讓我去教課。我什麼打掃都不想做。我每完成一篇文章。每想出一個觀點。什麼計劃告一段落。我就離開書桌去打掃。可就算徹底蹲在地上用拭塵紙擦過一遍，這樣的乾淨維持不到兩天。我好像有點懂對面那些鄰居為什麼終年閉緊門窗。難道這樣就不用打掃？可我不是在陽台種滿了一堆植物。它們沒法擋塵嗎？那可是我發明的綠色窗簾。這裡沒有人用綠色窗簾了。他們都是把陽台改成室內，他們喜歡提早住在棺材裡。在台北很多人是這樣的。他們每天晚上都睡在密閉的棺材裡。每一間房子都是棺材。沒有窗的。窗不是用來打開的。可能只是萬一逃生時用的。

每天接回兒子。一起吃完晚餐。我洗碗、清貓砂、去買隔天早餐、還要餵野貓。有時去趟寵物店就可以逛很久。他洗澡。我自己洗澡。就到睡覺時間了。連坐在沙發上的時間都沒有。我唯一的安慰是邊洗碗整理廚房邊聽梁文道。要是梁文道沒有新的上傳，我會提不起勁做家事。冰箱那些東西。不想去清的東西。是因為梁文道不夠用了。我要有他的音頻節目才有辦法做事。梁文道顯然是不夠用的。我試過梁文道的朋友、梁文道推薦的人，都聽不了太久。

我拒絕住在棺材裡。我見過不少棺材家的。棺材家的特色是一定得開冷氣。但是住在台北久的人都會得棺材病。可能我的冰箱是我轉移的棺材病。當左鄰右舍上層下層都成了棺材之家。我會暴露在他們的冷氣噪音與熱風之中。我的什麼綠色窗簾所有薄葉的植物都要死去。剩下的是那些耐熱耐旱的還要耐陰又耐潮。這樣的生存條件不容易。跟我一樣不容易。

有時我坐在家裡寫作連電扇也不用開。我想要聽聽這鄰里的聲音。我想要聽聽我以後再也不會聽到的台北的聲音。棺材之家還是鎖不住那些嬰孩的尖叫聲哭鬧聲。我擔心那些在棺材之家長大的孩子。吹冷氣長大的孩子。在台北棺材社區，我們要繳管理費。那些棺材人說我們要團結。我們要有管委會。才不會被欺侮。他們常常以為自己在發表演講。講的又是陳腔濫調。什麼要守望相助。要有人情。他們收了我們的錢。每個月拿去吃飯。還有三節獎金。這是政府都管不了的。他們說他們很有貢獻。說這裡很安全。警察局還頒獎給我們。這個棺材社區。白天請了兩位警衛。他們到下午都睡著了。平常就負責幫一樓的車子開門。恭送他們出去。迎接他們回來。每天照三餐跟那幾位老人熱情打招呼。

多年後我憶起台北。我帶著我的新書去餵野貓。我在那些棺材之家外面塗鴉。我成了犯罪份子。台北的棺材人打了我。我穿著在台北買的鞋子往前走。我身上的一切都是洗過的。連包包也是，鞋子都是。自己洗的。眼鏡、頭髮也是剛洗過的。離開台北的風景。是那些棺材之家的一百倍。阿美呀。你一點都不用擔心沒陽光。

沒有雨。那些人還是住在傘裡。無可救藥了。剛剛那隻很親人的野貓跟著我。一路跳著。我們冒著毛毛雨。牠跟我上了三層階梯。在我門口探頭探腦。鄰居那隻毛捲捲的狗一回來。把牠嚇跑了。鄰居說。你好有愛心。你是貓的天使。我一句話也沒回。我看著她那隻花錢買回來的狗。下雨天要穿雨衣。冬天要穿背心的狗。一天要帶出去五六次的狗。我什麼話都不用說。她的先生驟逝後。看起來他們家的生活過得很好。除了偶爾燒燒紙錢。生活沒什麼不同。感覺他們更有錢。更寬裕。她還不用上班了。

我故意把內褲晾在那些棺材人會看到的陽台。讓他們偷偷躲在厚重窗簾後的視野可以有一點樂趣。他們還要管別人餵野貓。還要管野貓不能踩在他們的房子附近。多年後憶起台北的時候，這些人都走了。那些貓大神自由自在地在曬太陽。我供養這種睡覺大神。因為我討厭那些棺材人。我素養不好去討厭別人。真希望神保佑這些舔毛大軍。保佑他們的毛衣不被蟲害。我還順利幫幾隻親人的野貓點了跳蚤藥。沒錯我太多管閑事了。太遊手好閑了。又這麼懶。不去上班。冰箱還都是吃一半的食物。阿美呀。你真的要保佑那些在外面的土神。我弄完阿美。去弄來福。我一下就看到阿美了。一下子就抱起阿美了。我爬到阿美的房間。阿美把她身上的棉被蓋在我身上。

我已經遠遠地落後同齡人。什麼都落後了。只是寫了一些沒多少人看的東西而已。我還笨拙地卡在台北老公寓裡。要去和那些棺材人一較高下。我還把石頭丟過去砸他們的腳。當然他們不知道是我丟的。你寫什麼台北冰箱。你早就沒有臉了。臉沒洗。我毫不客氣和他們說我是詩人。讓他們去看不起我。

貓的身影小小的。可我老遠就看到了。餵你自己的貓。也餵餵外面的貓。先把這事搞定。如果神保佑。這就是你苟生在台北的原因嗎？你的醬油瓶好髒。浴巾鏽了。冰箱那麼恐怖。那隻小蜘蛛還把網結得越來越大了。

還有那些直直地打在我家的噪音。打在每天滿出來的垃圾桶上。我已中箭。背著太陽來到這裡。在台北的兩座山中間。在山的牙齒裡。

在台北抬頭才會看到天空。離開台北往前看就會看到了。一整大片的天空。天空是台北的一百倍有餘。那時候才感到自己是活在世界上。不是活在房子裡。不是活在台北裡。我看到紅色發光的大十字架。我不信十字架。我信洗碗精菜瓜布。在台北我沒東西好信。我牢牢地信那些醜。那些貓。那些風景我也不想拍。一點都不想拍。那些風景看了二十年。還是很陌生。因為我不是在這裡長大的。

列車一到台北，就是長長的地下道。沒有風景。只有速度。只有窗面上沒有顏色的自己。只有全車的人都在睡覺。跟晚上十點後的捷運一樣。全車的人都在睡。下車了。全車的人都快速移動著。

望過去月台對岸。大家都是一個人。一個人一個人安靜地等車。一個人一個人地去相互推擠。

阿美，到了台北就沒有風景了。我一個人上車。一個人下車。一直是這樣。

座位空了。一個個乾淨了。一個個回家了。

晚上十點洗碗。睡覺。對著電扇猛吹。

早上醒來。手又可以碰水了。
又開往新的眼睛。心臟。

我在台北養了一隻醜貓

我在台北養了一隻醜貓。我牢牢抓著她的醜。醜到我心臟。醜成我心臟的醜。我去摸她的三十八度。摸她身上的灰塵。吸她的灰塵。地上每天都有貓毛。貓玩過的蟑螂碎屍。貓飼料。貓砂。我半年沒剪的長頭髮。我坐在那幅大畫前面。落葉飄下來。我討厭我兒子尖尖的指甲手碰到我。討厭夏天他黏黏的手過來抓我。在外面要我抱。要撞我。我寫得很普通。這一切很普通。我從來也沒有那一朵雲。人人都愛用雲。用月亮。我用貓碗。狗碗。舊的。新的都可以用。

為什麼我寫的東西不好賣？又為什麼我是一台耗油的機器。動不動就肚子餓。寫詩是一種氣勢。一種對創作的自信。打掃家裡也是一種氣勢。一切都是氣勢。把陽台沖一沖。跟阿美睡一睡。把書排一排。桌子擦一擦。衣服收一收。除一除濕。為煥發的腦袋寫字。為手臂肌伸展。

那樹汁比去年更明顯。兩腿之間的汗比去年更明顯。我慢慢習慣台北爆裂的夏天。突然發現那些人到現在還在寫溫柔如晴。輕如風。石頭都寫得比那些書好。氣吧。便條紙。你氣色不好。氣吧。馬路。你不好看。人家是父母買房給小孩的。是阿嬤帶小孩去游泳的。人家是父母各買十本支持的。人家自己買一百本。兩百本。你什麼都沒有。誰叫你要寫這樣不討好的東西。你怎不寫明天會是晴天。明天會是鵬程萬里。明天會是。借不來的身體。借不來的手。不要用那種眼睛。那是晚上十點後的眼睛。

我在泳池偷看那些女人邊照鏡子吹長頭髮。全身抹滿香香的什麼。我看到捷運上我正對面的女人戴的是假金項鍊。身上一切都是假的。頭髮是染的捲度是燙出來的。臉是假的指甲是假的。眼睛是假的。包包是假的。衣服都像假的。我聞到要進場泳池的男人買票時的口臭。想到等下他的口臭將和我在同一池水中。段落。不是句子。我的貓又跳下去樓下屋頂了。晚上十點多。那些應景的台北話。應景的書。你投降的小繃帶。補體高麗菜。牠們已經跑到最前線了。

畫畫這筆太淺了。雨勢漸小。最後是默默無言了。那被畫出來的野草。那對黃眼睛。因為那些貓和我是一樣的人。我們可以交換眼睛鼻子嘴巴。互聞彼此。外面大片大片的熱氣。把台北滾成黑的。滾那牢牢的醜。滾那一身的貓毛。秋雨一直下。我偷拿別人的傘來迎冬。我開始翻出一件件冬衣。一件件試穿。心裡才不會冷。這是我準備冷的方式。一件件試套。一件件掉在地上。一件件累了。一件件收回去。

我沒辦法靠創作在台北維生。一年可以。兩年可以。我得保持旺盛的創作力。教課力。演講力才可以。那個時候，走得那麼狼狽。全身上下都是搬不動的東西。走呀。你東西那麼多。那麼多。雨開始下了。變來變去的天氣。為了那些貓。我寧可熱得渾身狼狽也不要又濕又冷。那樣我老要擔心那些野貓。你寫什麼台北回憶錄。都是壞的。沒有夜生活的。那麼早就躺在床上的。你自找的。那樣規律的作息。破不得的。你的泳衣就故意曬在大陽台給對面大聲婆看。正午了。你該去發明一款野蠻二十四小時的洗髮精，對抗柔順二十四小時。讓人內心湧現狂風驟雨亂髮之感。綿延到現在的正午的烘熱。老練的熱。我對熱是這般的老練。一點都不擔心的。

對了。我畫畫吧。
燒掉了。裊裊升起。我畫畫吧。
把台北射死了。拉回來。
這樣唱著。我是餓了。趕來了。熱成一塊土。一杯水。
從水管裡出來。從地磚裡出來。就用這種筆。來陪你睡。高了一寸。
我的廢物。
還來得及和貓一起睡。我已經在廚房了。在接近黃昏。接近門口。接近影子。
我這種修改。我擦了又擦。又塞滿。抬進屋子。
貓這種生命令人心花怒放。那種野生的形狀。野生地標。野生指南。
所以我的生活很仰賴貓。我抱著阿美坐在地板上。我抱著她走在路上。如果你看見我。你也一定看見阿美。

去了貓的身體就回不來了。

你不要開始講廢話。開始分心的時候就去洗衣。掃地。洗廁所。阿美那貓就令人分心了一個早上。要寫這隻貓根本不用看她。我想睡覺的時候，就開始寫作。在我的腦床上。開始鋪床單。抖動腦葉。

河水不急。山也不急。人急什麼。

人躲什麼。

暫時這樣去吧。你不要站在廁所外面。暫時這樣回去吧。罵罵髒話也可以。

暫時取出來。洗乾淨了。沒病了。

那裡是廁所。後來沒有了。在你的門口。拍成一張台北的照片。那是我畫的。那一大段時光。那一大段路。很好走。好到不用看路。

我早有預感。那一大段字，三十幾個句號。一下子變啞了。
想留下一塊台北的顏色。被雲吞掉了。

我走了

陽光舔著割草機葉片上的碎草。你全身滿滿的碎草味。碎草黏在你身上。傘被吹壞了。被吹壞了二十把。

我走了。熱水器。除濕機。分離式冷氣。格子地磚。都關進了那隻貓的熟睡裡。字那麼大。字那麼大的詩。那些字刺進鼻子。耳朵的聲音我都聞到了。在加熱。燒掉那些廢話。那些人的遮陽帽。那些人的手推車裡滿滿是廢話。字那麼大的廢話。鮮紅色的唇都是假的。

我走了。黃色地瓜。那些鍋子我都不要了。那麼大的字。把電腦鋸開了。我該走了。走呀。輕點打字。輕輕打。雨點都比你柔弱。一針一針地刺在你身上。破成一張漁網。

走在紅泥路上。小時候才有的紅泥路。用紅礫石鋪的路。暗紅色的。把小孩帶到太陽下玩。聽到對面像鬼一樣哭鬧的聲音。長頭髮呀。我年輕才有的長頭髮。年輕才有心力整理的頭髮。這些原來和什麼都無關。可一寫起來就什麼都有關了。我的手摸在那隻貓的身上就倒出了這些。就生出我新的手。新的臉。一塊石頭。

你問我。我從小沒有打扮自己的習慣。我沒有別的衣服了。你和我是一樣的人吧。一抹黑的人。你問我。怎穿來穿去都無法正式。因為我天生不會出現在正式場合吧。來來往往地抬進去。蹿出來的手。在電腦前出神又恍神。像螞蟻一樣排隊進進出出。來來回回地搬運的文字。標點符號。一個一個像枯萎的花那樣掉了下來。一點聲音都沒有。完全不打擾別人的。我那時正強壯啊。用牙齒咬上去的。

那時候，我們很早就睡了。我知道那是我想要的寫作風格。他們不接受就算了。我知道那是珍貴的東西。是再也寫不出來的東西。那時候，老貓、老狗。舊了。牠們全舊了。牠們沒煩惱。那應該是摸不到的東西。我還一直在作著小孩受傷的惡夢。小孩說他在床上不會受傷呀。於是惡夢被掃乾淨了。我堅持寫作的意志要很強。因為貓走了。我想要寫更多。因為我無意間犯下的錯。我想要寫更多。寫不過是一個小角色。不過是新插上去的秧。泥水全潑在褲管上。我們走吧。走呀。

我不太喜歡把生活中的事轉成文字。情緒寫實我可以。牽動情緒的文章我才可以寫。我不想讓人知道究竟發生了什麼。知道了又能怎樣呢。我飛快地運動十指。把東西從腦裡運送出來。沒這麼飛快過。好像是在做最後衝刺一樣。就算我早就落後一大截。我還是像平常練跑一樣衝刺了。那孩子吸鼻涕的聲音。鑽進我的肺。令我想咳嗽。

總共五隻貓。五隻野貓。兩隻家貓。二十隻手。二十隻腳。來回游要四十次。聽起來很多。那才算游過了。五隻貓。那才叫養過了。我跌了跤。但家裡也收拾好了。我睡著了。我的衣服睡了。我媽媽在叫我。人一生的髒屁股。髒腳。髒嘴巴。都要髒的。等等我。讓我寫完。我寫完就有新的力氣了。

那些人一波波的滑順。滑順得無所事事。你。你的瘦弱增加了漂浮力。下一次過年，火會在哪裡。快來用報紙接火。快擋風。你人生一波波的滑順。好命呀。我的命跑不動。根本跑不動。就用一桶水洗澡。每天都得勞作。

這種我自己的安靜掉下來。沒有人會發現的。放手。放腳。輕一點。抬起來。抬高一點。三點了。快馬加鞭。輕手輕腳的。不要再談你小孩了。小孩來小孩去。你沒有自己嗎。你怎不放自己的照片。一大片污水從陰溝裡湧了出來。路就一定在那裡。走呀。快走。找到了剪刀。可以開口說話了。面朝馬路。一樣春暖花開。你在擔心什麼。都遇到了那麼好的貓。

七點半。八點半。人們還是喜歡溫馨的。受不了那些搖搖晃晃的。正要散落一地的。人們喜歡方向正確的。推土機、挖土機都在那裡。那裡崎嶇。三天的崎嶇。十天的崎嶇。我腳下的書。那幾個句號。那座半島。就要被人們鏟平。我揮汗鋤的地。手脫的皮。蹲著的膝蓋骨。黃土滾滾啊。來掩埋我吧。來挖走我的黑眼圈吧。成熟的啞巴。我的臉被吹開了。被風吹成一窪水。貓幫我加溫了。

我走了。那一隻手始終沒回頭看我。我的鞋底已經磨破。衰敗得閃閃發亮。我的手。我的腳。沒有再說什麼。就這樣走了。糙米。白米。再見了。那些比我朋友還常碰面的店員。那些手都停了下來。那隻手硬是沒回頭看我。我感覺到那些貓在那裡。牠們的手和腳都在那裡。我的手和腳在泳池裡。我的頭在床上。鼻子正在聞那股貓臭味。她在一邊啃腳。啃得很仔細。不管我發生什麼事。她都在啃腳。全身都乾乾淨淨的。

我走了。把臉脫掉。在便利店就可以買到的臉。再見我擦過數百數千數萬次的地磚。再見互相推擠數百數千數萬次的大腦。再見美麗的外表。跟隨著的鮮豔。都走樣了。全部都燒成灰了。夜裡醒來聽我腳底下長出來的草。每天來一點。再熱的天氣，涼了。摸到動物就涼了。幫我一下。那隻有毛的、溫暖的手。我的身體停留在那裡。我的貓叫我來的。我可以穿透她的毛。這樣的臉不多。這張臉。這腳。活力充沛的清醒。和青少年一樣。

那個令人生病的台北。說吧。說出來吧。每天來一點病的台北。每天來的冬天。一天三次。鄰居們出出進進字正腔圓的廢言廢語。噴得到處都是。

多年後我憶起台北。我掉了。要掉就掉吧。不要打到別人。要睡就睡吧眼睛。要掉就掉吧菠蘿蜜。不要打到野芒果。要走就走吧你。不要擋到別人。

走了。出去要往左轉。

走了。綠燈亮了。

最後一次過那條我每天要過的馬路。過了台北幾萬字的河。過了這片斷斷續續的光。

輯二

我睡覺的時候

我睡覺的時候

我睡覺的時候就是去了一個新的地方。所以我也算去過很多地方，回過家很多次了。

我就睡在這裡，靠近我們的稻田。通往北方的火車，很多都荒廢了。我媽媽叫我洗菜。洗掉農藥，搓掉農藥。一把兩塊錢的菜，葉子一小片一小片地拔掉。掃掉狗毛，洗掉農藥，這就是不要死去的意志。貓的唇形一絲不掛在我面前，雜毛叢生。她出生六年了，起床六年了。我睡醒就看到這張臉。從她的頭上我就看到了海。

我是一個稀有的人，有不會賺錢的天賦，就是有跟貓睡覺的天賦。除了這裡，我沒有可以去的地方。這裡桌子沒擦、昨天的殘局、昨天的垃圾、廚餘，還在房子裡，我還是照睡。一個人一天要處理的事是這麼瑣碎，因為我沒有好命到可以不用做家事、不用顧小孩。那些人，妒忌到我眼睛掉出來，那些不用自己顧小孩的人。所以就不去想。每天到了傍晚家裡已經開始不成形，晚餐後更是坍塌。狗毛、貓毛、加上小孩掉的食物碎屑、湯汁、可能還有噴嚏、那些動物沒舔乾淨的屎刮在地板上。我沒有掃地機器人。我自己就是清潔工。每天的家事量很大。在人生總數裡會佔掉一個可怕的數字。每天晚上十點不到我就想睡了。連滑手機的力氣也沒有。

自然光的床上，我就想睡。每天吃完午餐，我就想睡。那個時刻胸無大志，萬事以睡為先。睡起來都可以搞定。自然光的房間，我掛的是老家扛回台北的窗簾。舊的，我在二手店挖的。自然光的床上，我就回到小時候的家裡，赤道的房子。每天我走到陽台，才會覺得自己醒了。台北的房子去它什麼南北向最好，被四面八方擠在中間，完全沒有東南西北了。不只四方、上下、對角斜滿滿都是房子。我就睡在台北這市值一千五百萬的大倉庫。

我只有睡覺的時候可以離開這裡。我的兩隻耳朵睡得很好，兩隻眼睛睡得很好。不過我一定要和動物一起睡就是。有那些軟軟的毛，就可以輕易到另一個地方。我在睡覺的時候去過機場、回過老家很多次。去過很多地方都忘光了。當我醒來，抱上我的貓，我又可以做那些徒勞的重複了。由貓來支撐春天、支撐家事、支撐腦幹、支撐我的多巴胺。

碗從早放到晚亂七八糟地丟滿整個水槽，冷氣壞了還沒力去叫修。我就照睡，正對著電扇睡去。我就去了很多地方。借一條船、借一棵樹、借一條路，我就在那裡跑了，我就在小時候的搖籃裡了。天色一點一點變暗，人一點一點增強，增強自己活著的能力。很快光就退了，很快就要下雨的樣子，而雨終於抵達了我的身體。我在浴室每天把自己洗得乾乾淨淨，就算沒有和外人見面，這就是活著，邊洗碗邊開火煮綠豆就是。我吸了貓的土色黑墨汁，直到她一腳踹開我就是。這些常見的東西就是活著。

我在被他們鄙視的時候，就睡在這裡。省電不開冷氣。熱壓在我心臟。我一天換三次衣，甚至更多。什麼冬暖夏涼的房子，冬天冷得要命，夏天下午室內和戶外只差一度，這就是台北市價一千五百萬的大倉庫，反正他們都鄙視我，說我不會賺錢，賺的錢就是那麼少。我只能正對著電風扇吹。這樣的窮人、低收入戶，還去領養了一堆貓狗。我就是照睡，睡掉那些人的話，睡掉跟錢有關的事，睡成一個比較順眼的人生。

我去了老家。我老家門牌三五七號，獨門獨院。有一塊小草坪，上面有小白的大便。小白常躲起來睡，因為我弟弟、弟媳不喜歡牠。沒有人喜歡牠，沒有人幫牠洗澡。我忘了小白的樣子。兩年了，自這個該死的肺炎。我去了老家的每一個地方，每一個角落都變了。我去外面找螞蟻，抓狗的跳蚤，幫小白洗澡。這樣親密的地方都去不了了，這些親密的事都做不了了。我剛剛才和我媽媽坐在一起，我剛剛才在那片熱裡，就回到這個鄙視我的台北了。

我弄菜切菜弄了一個小時，爐火的熱由手臂滲進我腦袋，留出一條汗。濃縮成一瓶菜油。煮著煮著，我摸到了狗的手關節，瘦瘦彎彎的。我越來越沒法跟社會溝通了，瘦瘦彎彎的。把食物煮軟了端到桌上，太陽已經起床四個小時了。

靠近我們的稻田荒廢了，一大片的雜草。死的人太多了，風也不涼了。一條一條的枯死，一條一條的生命。靠近我們的公園也荒廢了，空空地矗立一座溜滑梯。滑板裂了，一條一條的草越長越長。旁邊有棵野生菠蘿蜜，我經過那裡走去老咖啡店。老咖啡店裡沒有人，好像我去錯了地方，好像所有地方都雜草叢生。沒有人去回答神的問題，死的人太多了。即便在睡覺裡，我都看到了那裡的死人。

我偷摘了路邊的芒果，準備給我小孩吃。野芒果的青色在我手裡，好像神給我的青色。路邊的草都長了，沒人割草。腳踩進裡面沙沙的，我在草地上跑了起來。全身熱熱的和起床六小時的太陽在一起。在睡覺裡的太陽不大，熱度剛剛好。

靠近我們的稻田東歪西倒了，分不清是稻子還是雜草。田裡沒有水，見到土地了。見到那麼多細瘦的蜻蜓，透明的眼睛見到太陽就飛走了。我媽媽坐在那裡看電視，她從那裡去了外面。我在煮菜的油煙中去了那裡，見到那紅色的蜻蜓，聞到那些發臭的水溝水。吸著廚房的熱，吸著鐵皮屋頂的熱。

靠近我們的巴士總站是空的。熱氣在滿頭白髮上。車站的攤販消失了。醫院的停車場總是滿的，跟野草一樣滿。熱氣在幾百台無人車子頂上。這種熱穿過我雙手雙腳，我像工人一樣流汗。熱一遍一遍來了，髒水從每一戶人家的廚房流出來。我媽媽叫我去買水果。在睡覺裡我一次一次幫她買水果、買吃的、買這個那個。她的腳走不動了。

出大門的柏油路滿滿的熱，我過世的小姑姑死白的皮膚在烈陽下打傘。她白成一場細雨，太陽雨，瘦成一條雨。我叫了她，她回頭望我。說，不用來看我。偶爾，我爸爸會想起這個妹妹。莫名其妙就死去的妹妹。臨走前，她都拒絕了探望。客氣地說，不方便。

我剛剛才和我媽媽坐在一起，我剛剛才在那裡開我老爸的破車，載我媽媽回她的老家。不管多老了人都想回老家看一看，即便老家根本消失了。老家那條沙土路睡著了，幼貓死在我手上。我去埋在第三棵樹下。我去買了能量飲料，廢飲料。人藉消費來減少消沉感，也太低級了。人就是這樣。我一邊寫著一邊找回了一點生活意志力。我的腦，喝了黑色汁液，肚子就空了一半。我的唇破了一半，就聞著我的貓。我兒子把時間遮住了，我正好看不見時間。我先生用強力清潔劑，噗嘶噗嘶的噴頭聲。我的貓長出手指，牽了我的手。我湊近她的熱。

那些是沒有人要的回憶。黑螞蟻爬上我的裙子，回憶這成串的熱。這沒有人要的熱，長成了一排黑色螞蟻，爬著來找我，爬上我大腿。熱成一群蚊子，隨便亂咬人。我在那裙子裡裝了滿滿的字，還有我媽媽的臉。她顫抖的腳抖著抖著我裙子就破了。我縫縫補補，貓舔著舔著。牠舔出來的熱比那些廟更撫慰人心。牠舔著舔著我的裙子就濕了。我滿身的、滿耳朵的熱，扶著我媽媽的臉。我裙子破了，破成白色的水鬼花。我媽媽的時間破了，軟軟的爛菊花。

當那種鳥從我頭上飛過，發出那種聲音，好像我正在變成那隻不祥的鳥，發出死亡的聲音。越來越多人的名字成為泥土，心跳聲成為鳥叫聲。我把熱用雙手闔上，闔在掌紋裡，滲出微微的汗珠，好像一切都順理成章地消失了。我把鳥叫聲抹在裙子上。

那裙子盛開了，開成一張少女臉，飛進去的是蝴蝶的無聲無息。沒有冷氣的巴士的涼風，少女的臉被吹成一顆乳房，吹成一隻幼貓。滿臉的眼屎鼻涕，站在水泥地上，拖著病步，我用手把她接過來。

我在那不祥的鳥叫聲裡醒來，我的雙手滿是汗珠，已經準備好要爬起來。我得維持正常作息，因為我兒子還住在我身體裡。早上我得叫他起床，送他到校門口。我的外套掉在地上，貓就去睡。我兒子的書包放在地上，貓也去睡。我兒子他現在的力氣，已經可以輕易把我推倒。當他沒法用語言精確表達感受、不滿，他會用盡力氣擠我，撲我。一天要討抱幾次。天色晚得快的夏天，渙散得快的天色。貓吃完肉泥去放了屎，身體很舒暢地去睡了覺。兒子吃飽去睡。和兒子在一起，一切都渙散得快，才剛剛摸到就消失了。

熱摸在大地上。我在曬自己。慢慢由熱度激起自己的求生意志。雖然沒有求死，明確自己沒有求死，但消沉也夠令人難受。我現在無病無痛不能消沉。強勁的沮喪窩在我心裡，我一小步一小步地挪，要把自己挪出去。要換一張臉，換成乾淨的白衣衫。我土生的熱還摸得到，在我身上洗不掉的。很多東西越來越矮小，一塊塊脫落。被遺忘的臉盛開在滿街的熱裡，熟成米被我吃掉了。

寫好的東西埋在我雙腳了，我站起來帶它們去散步，帶它們去邁開腳步做家事。字越來越多了，我很想向誰說。我到台北了，可沒人可說。我已經把字埋好了，埋在一本一本書裡。我得維持正常作息，因為我兒子還住在我身體裡。我得快快把字埋好，把命運埋好。我的手上還有洗幾百次都洗不掉的葬禮。

在我睡覺的黃色氧氣筒裡，這個月是回老家，下個月是小學同學會，下下個月是高中同學會。一路到底，就是我家。就會看見我的小白。我做了一些筆記，外公的臉在那裡睡覺，我媽媽的臉也在那裡睡覺。外公不會記得我的臉。陽光白閃閃，我又去了那裡。我家那條路，走到底，一直到底，現在是一間大型超市。

這些沒有人要的回憶，黃色的一條條，發黃的鐵路，發黃的月色，斷斷續續的、再也發不出聲音、不想再發出聲音的回憶，在我腦幹裡成為一座真正的荒島。我知道自己終將消失，這一大片貓的豐滿，軟軟地塗了我全身。

那麼年幼就死去的貓。月亮半圓著，就要缺了。我埋在那裡，只有我一個人知道，跟那些沒有人要的回憶一樣，可我留住了它們。我在這裡陪一隻病狗，散了很多的步。靈魂在那裡玩溜滑梯，它們是真正的孩子。表面是乾的，裡面還可以用。

天熱得很快，那些貓毛去過的地方很多。想起那些鄙視我的人，不能讓他們得逞。我得努力修好自己精神的破船，自己治好自己的恨神病，再划水前進。船身滿是汗水。

我媽媽的臉變了，我的雙手已經長大。狗用力地踢毛，毛落到我手上。貓強化了我的活著的意志，粗壯了我的手。到了熱又長出來的時候，跟這裡的人不一樣，我一次又一次期待熱的盛況。我又熟一次。變紅一次。

在這種自然的光線中，自然的熱裡，船身上的號碼已經剝落。眼睛自然吸收了貓毛，腦幹也變扎實了。我還沒找到一個好句子，跟動物們在一起的時候那些都無用。在這種自然的光線中，我的身體才醒了，熱成那樣，電風扇正對屁股吹還蠻爽的，吹成破爛的熱。在小小房間的床上，熱成漫無目的，我的身體被切成了一半。二分之一是小孩，二分之一是填飽肚子。

光線漸漸穩定了。第二本、第三本，輕一點、厚一點的書。沒有行李的睡覺，沒有我的睡覺。天黑有天黑的毛病，睡覺沒有毛病。

刺眼的熱氣很自然地消失了。兩隻耳朵慢慢地飛，在我回不去家的路上。車子開過的噪音一台接著一台飛過，我的記憶已經被毀壞。孩子的聲音那麼大，已經刺穿我身體，在我身體裡破曉。

在台北過年

我坐捷運。坐在別人剛起身的位子上，竟然覺得暖暖的很舒服。和一大堆人一起擠在餐廳，我捨不得脱下外套。吃著吃著直到雙手暖和起來。店長留意到我兒子吃得狼吞虎嚥。還關照我有沒有吃飽，説我吃太少。太瘦。我分不清哪種是客套關心。好像一切都是假的。因為彼此不認識。在這裡最常碰面的是便利店店員、便當店店員、有機店店員、市場攤販。我知道這些問候都是假的。可我又感到暖。感到舒服。像坐在別人剛起身的位子上。我的家一天到晚在吵。在打掃。見我就罵。我東西寫著就坐過站。過年在家裡、在那房子的冷，每過一站釋放出一點、一點，我第一次覺得坐捷運很溫暖。沒有一個認識的人，我只是在吸他們的溫度。每個人的聲音細細的、柔柔的、不確定是裝出來還是真的活力。我照吸不誤。不知道吸著自己會不會也變成那樣。不過外在的聲音變成什麼樣我已經不介意了。我在這座城市二十年。我的身體內化了這種聲音。只是此刻沒娘家去的時候我坐在捷運上。一站一站地過。

我去美術社一趟就渾身汗。像個孩子。說話結巴。因為我這一週還沒和外人說過話。看我結巴。老闆娘說運費不用了。要打統編？需要我給你收據？不用，都不用。我沒有好報的。美術社的老闆娘十年前就碰面。不過彼此也就維持主客的關係。中間我停了好多年沒買材料。回去時還有些忐忑。身份變了。我不再是大學生。沒有了優惠。也沒有人認出我了。我變成一個普通的客人。不是畫家。不是學生。半個、四分之一個老師。對很多東西我都不懂了。我問可不可以介紹我壓克力顏料的等級？我看畫布的種類。雕刻刀的種類。什麼種類都看了一遍。好像一個初學者。看不出來我是美術系的。幾次後看熟了幾位店員。一看就知道他們是美術系的學生。我問材料問題。把他們當老師問。壓克力要不要上凡尼斯？多久才可以上？資深的店員很清楚。他告訴我，畫家不會用這種壓克力。我點點頭。我不是畫家也不是學生。可我不想用學生級的了。我試了幾個牌子的壓克力顏料。每回買幾條。一點一點買。看起來不像學生也不像畫家。老師買材料會打統編，我沒有。瞎買一堆都是自己的帳。

我去了一趟畫廊。說了這一週以來最多的話。這回我的畫沒賣。店主卻告訴我他們自己人都給我金賞。我倒是不急。沒賣也是好的。賣光的話我必轉行當畫家。我習慣了慢慢被別人接受。慢慢被別人欣賞。不過我還是會畫下去。我看到畫布就想畫。看到顏料就想試試。或者是因為我看過很多作家畫家的事蹟，對沒賣這事不擔心。

我繼續坐捷運。坐在別人剛起來的位子上。覺得溫暖。一站一站過。經過常去的圖書館。看到裡面明亮的燈光。我去找一位老朋友。這城市我最老的朋友不超過十年。吃了飯他送我去搭捷運。我會問他，他媽媽對他好的一些小事。我想聽更多。我想從那裡學學怎麼愛別人，怎麼對別人好。我想知道除了我先生的台灣人是怎麼過年。年菜是什麼。我想知道我家庭以外的世界。

我揹了一大袋的材料。熟悉地坐捷運。站上長長的手扶梯。隨著人潮行進。我平常遠離人潮。過年這幾天在家我壞了。我每天覺得刺骨得冷。雙手冰得連自己都厭惡。我把自己放進捷運車廂裡。拿出手機來打字。一站一站地過。至少我的手是暖的。

困在台北過年

原來這隻狗在過年前就要死的。我任務完成就會搭飛機回老家。一方面疫情又燒。牠一直是疫情的獲利者。於是我在台北過年，第二年了。太陽和台北的過年有仇。不濕不冷不甘心。太陽休假去了。一整天沒出來。四點就天黑。我也像死了一樣。雖說是過年，台北家人回來了。每餐開煮。家裡的塑膠袋用量、垃圾袋用量達到新高。廚餘一天就塞滿一個塑膠袋。回收物一天也塞滿一個大塑膠袋。垃圾袋一天用掉一個。我每餐都被指定當洗碗工。一天要洗三次。大部份時間我躲在房間裡。不愛熱鬧。或找些可以在別人面前做的手活。像包裝海報。打包一些郵件之類的。總覺得一直在吃東西、一直想睡覺。臉越來越胖。手越來越冰。

台北公寓很小。開音樂加上小孩的吵。貓和我都躲了起來。溫度越來越低。病狗出去拉屎的挑戰變大。雨天也餵不到浪貓。我每天穿高領衣。全身穿三件長袖才行。連睡覺都想穿毛衣睡。長褲襪子不離腳。除夕晚，拉著病狗去放屎。只有彩券行還燈火通明。當然還有孤冷的便利店。獨守的便利店店員。沒有其他了。社區裡的人也變少了。安靜一些。加上雨聲。夜晚很好睡。

我不想家了。不去想沒有的。我現在和愛貓一起過年。每天聞她、靠在她身邊很久。晚上在我枕邊。做一些不用腦的事。整理照片。和愛貓鬼混胡思亂想創作的方向很爽。還是看了一些書。保留一些書放著。我的腦沒法放假的。過年沒法獨處。手沒法動。剩大腦一直在發電。雨慢慢停了。又不預警地下。我雙耳很留意雨聲。為了遛那隻幫收容所終途的癌症狗。

病狗這陣子腸胃爆弱。吃什麼東西都要拉。過年大家吃好吃的，牠就一張乞丐臉巴望著。不過我再也不會給牠人類食物，吃一根雞腿的代價是拉一整天。無止的拉稀。不然就是脹氣的便秘，會像氣爆一樣炸出來。我很清楚，不會冒這個險。乞丐臉一直盯著我們吃飯。邊發出嚶嚶叫的聲音。我不想理牠。我處理牠的屎尿已經快把我逼到臨界了。加上牠過了預期的死期。我的耐心好像也到了邊上。出去外面會不客氣對牠說，你最好表現好一點，不然我以後沒法再照顧你的同類。

雨慢慢停了。我喜歡聽見這種稀疏的雨聲。我被困在台北了。在這裡過一個不相干的年。沒有人給我紅包。我也不用給任何人紅包。沒有找一個朋友。沒有一個朋友找我的年。我自閉了一整個過年。自閉到覺得自己成為一根冰棒棍。天黑得那麼快，好像太陽沒有出來過。等我的手可以俐落地打字。等雨停下來。路面草地都是濕的。我去用罐頭用藥給病狗。好像只有牠是活的。活得這麼醒目。要勞師動眾。每天用掉兩三個別人給牠的罐頭，一次又一次看牠被餓鬼附身的吃相。在這個昏黑的過年，牠活得這麼醒目。要人把心思都放牠身上。

等我再度翻開筆記本。把筆電接上電源。桌上開始放幾本我正在看的書。家裡沒人了。我把自己留守在台北。拒絕往南部去。不和不熟的親戚碰面。我才一點一點醒來。不用再躲著。我去洗廁所。吃剩菜卻吃得很溫暖。把自己餵飽。一點一點往前進。我終得出去走一走。年初一，熱炒店開了。彩券行好像沒有打烊過。一樣燈火通明。我在台北拉著一隻不熟的病狗。在細雨中牠結結實實地走出去。我把狗硬拉出去。牠怕雨。可我又不能把牠關在家裡放屎放尿。一點雨還好。沒有到太冷。

到底是獨處才能令我活回來。我知道狗即將過去。即將平坦。雨把腳步放慢了。過年模糊了很多事。一切看起來都很好。我也放心了。透過照片看到老家的年菜。那一大群的孩子。今天晚上我會自己睡覺。明早生活的碎屑會和我一同復活。

台北生活

外面有人在搬家。在這裡，搬家很常見。一大早燒了一爐超旺的爐火擺在家門口。一經過就是一陣灰燼撲來。是那樣不管別人空氣地燒在自家門口。不管這裡是人口密集區的。隨後幾個月那戶人家進行徹底翻修。噪音轟頂。沒有人管你這裡左鄰右舍都挨在這裡。在家裡的人就得忍受這些毫不留情的噪音。這就是台北。常常有人在搬家。常常有人在裝潢。數一數，我樓上樓下旁邊都做過這些事了。只有我沒做過。我沒錢搞這些。這也不是我的房子。

還不到暑假，一堆女人小孩已經在大中午的泳池戲水。我特挑中午去的。還是遇上了一堆媽媽小孩組。雖我自己也是媽媽也有小孩。但我一直是一個人去泳池的。我做不來她們做的那些。半身泡在水裡陪小孩。說幼兒話。哼歌。假裝很開心。還要幫小孩洗澡。有些還一洗二。邊說：洗手手、洗臉臉、洗腳腳。我聽了就想吐。她們連去泳池的外裝都要考究。像迎面走來那女人。穿著細肩帶。挺著搖搖晃晃的奶。穿著長紗裙。一手牽著小男孩。還斜眼看我這個怪物。

夏天我還穿著長袖長牛仔褲。我媽媽說那是工人穿的。

我知道今天大聲婆沒曬衣服。因為我沒聽見她的聲音。也沒感到有人在對面偷看我。

我幫我的桌子塗嬰兒油。每天擦兩三次。還是髒的。

擦乾淨我的手靠在上面。寫字也覺得很涼。

我的地板兩天要拖一次。不拖都是黑的。怕灰塵太多小孩過敏。我的畫我的書我的貓都要坐在地上。偶爾我也要坐在地上。當我不想坐椅子的時候。

我的臉每天要塗油。某人送的高級油絕對要認真用到完才對得起她。每週會用鹽巴去角質。每天睡前要黏床。黏掉貓毛。每天洗一次碗。水槽裡丟到不像樣。明明沒有開伙還是會有一堆要沖沖回收的東西也在那裡。還有外面餵貓的碗、空罐頭。

每天早上送完小孩回來去兩個點放貓飼料添水整理周遭。回來清自家貓砂餵貓煮咖啡。我會算時間。自從育兒後得了時間焦慮症。先煮完咖啡再去清貓砂倒垃圾回來正好可以喝不會很燙的咖啡。

現在是晚上十點半我決定下週要好好利用時間。擦很乾淨的桌子給了我靈感。只要坐下來就可以專注。

我穿兒子的衣想要凸顯自己的細瘦。終有一天我說再也不要穿你的衣服了。脖子卡得很緊。就算最近流行這種短版衣。就算我穿得下童裝。我不玩流行的遊戲，不買流行的衣服。

家裡每樣東西越疊越高。食品、書、衣服，每樣用品上都有一層灰。熱水壺、煮水器、電飯鍋、電風扇。對付不完的灰。在家裡我是啞巴。就算說話也好像不是我的。在外面和陌生人買東西說話聽見自己的聲音才覺自然。

五月，餵野貓餵了十公斤的飼料。不計前面的。罐頭一天三到五個。累計X個，不敢算。

台北公寓

身為寄生人，寄生在台北的房子，自家的事可以閉隻眼閉張嘴。但耳朵閉不起來。腦也閉不起來。

台北公寓漏洞很多。我是萬里耳。隔壁的鬧鈴震動七點四十分會震透房間牆壁，那不是鬼鬧鈴，那是人，隔了三十公分的水泥和我頭對頭睡。早上六點警衛換班，經過的鄰居會和他說早安。巷子開始有人發動摩托車，一台接一台。我從來不需要鬧鈴，早上七點半那些老人送孫子上學，最愛大聲打招呼，不用睡了。花兩萬元裝氣密窗也沒用。舊冷氣機把牆壁挖了一個洞。那洞補不起來的。

我用耳朵就可以走進對面的公寓。聽到對面大聲婆跟警衛說要回南部一個禮拜，我竊喜。以前討厭下雨如今也看透了，反而雨聲遮蓋人聲更好。雨水清洗空氣更好。我只要把門都關起來除濕就能清爽。人的問題用大自然來解決最好。夏天酷熱鄰居都在開冷氣也聽不到人聲。但冷氣機噪音讓人如置身工廠。我用電風扇聲遮蓋。白天用音樂隔離人聲。死吧。噪音。死吧。設計這種社區的建商。我鋪了陽台植物當森林當青苔當野地，微不足道地反抗城市。一點用都沒有。只有用意志活在紙的平面上，電腦螢幕上。但是也只有窩在這裡能讓我的意志創作。讓我的意志集中在一張桌子上。在天氣好庭院好的地方，我一看陽光一看花花草草人生不需要寫作寫詩畫畫了。看著陽光看著動物就覺幸福。

我在廁所會聽到樓上的咳痰聲。應該是那位老人吧。還會聞到不是我用的沐浴或洗髮精味。這一切從天花板傳來，這不是鬼。這是建商搞的鬼。有時或許是樓上排浴缸水，我就感到水災在我頂上爆發。我大號時若樓上也在沖馬桶。我感覺整個廁所都被他沖得震動了，他的馬桶水幾乎快碰到我屁股了。樓上不時水管阻塞，找人來通水管。他通水管時就像有千萬鐵蛇在我天花板上鑽。金屬碰金屬的一級噪音。

這條老社區還常有人搬出。我的四樓貼了要裝修四個月的公告，四個月！整棟樓每天都在地震。我開了最吵但我可以喜歡的歌單，坐在喇叭中間做事。朋友來問我怎不出去。我是會出去。但去咖啡店我也受不了聊天的人聲，就算戴上耳機還是不太舒服。真的太吵時就出去一下再回來。老社區的裝潢頻率很高，就算是對面社區那轟然的機械聲還是猶如在隔壁，想及這些施工工人，拚了命在做，回到家耳朵大概聾了。

老社區，大家都把之前的陽台區裝上窗和牆變成室內多一塊地，房子變大了，但怪的是，鄰居在那塊空間說話大家都聽得清清楚楚，對面清楚地看到有人擺了一台鋼琴在新增的室內，她彈的每個音都像在我家彈奏一樣，連老師和她的對話都一清二楚。我寫了張字條塞在她信箱：芳鄰您好，我住你對面，每天都聽到您用心地彈琴，請放過我吧。不要在週末一早練習，也不要在午睡時大展身手。深受琴音之苦的芳鄰上。

後陽台離鄰居更近。小孩常看的耳鼻喉醫生就住在後陽台對面一根竹竿的距離。常聽到他和藥師的對話。我也刻意避開他在陽台曬衣的時候曬衣。我雜亂的後陽台、內衣內褲都被他們看在眼裡了，真怪不好意思的。夏天，他們店家的四台冷氣機正對我室內唯二窗戶，把一堆熱臭風送我。

偶爾一大早就傳來小孩抓狂的哭聲，我大概可以瞭解這座城市的精神疾病來源。我先生說我聽到這些聲音是有病，沒聽到這些的人也有病吧。病來病去就肥了建商肥了裝修公司。

癌症狗

今年夏天我接手了一隻癌症狗。客廳冷氣遙控器按不下去。癌症狗在陽台死不想進來。抱進來立馬站起來走出去。於是我的大門敞開。表明我在歡迎牠。一台單薄的電扇拚命在吹。蚊子跳蚤不知名的蟲都飛進來了。早上外面的浪貓兩隻爬上來找我。表明我多受動物歡迎。我雙腿滿是蚊子印。正對電扇猛吹。我懶得去搞好冷氣。熱打不倒我。

癌症狗很瘦。外表看不出來生病。裡面的淋巴系統都壞了。估只有半年的時間。但是我看牠不知道這件事。牠出去忙著聞東聞西。忙著吃東西。只有人類才會想這種事。只有人類才會想要開冷氣。想要把自己關在房子裡。狗在收容所被關三年。牠現在喜歡半戶外的空氣。人很臭，牠說。牠要有自己的空間。陽台種了滿滿的植栽。狗很喜歡。

狗不知道時間不多。誰又知道自己的時間了。狗的臨終願望是什麼？有天清晨我想到這件事。恢復自由身，自由地奔跑、自由地奔跑吧。那麼，我該準備一條很長的繩子。狗對自己的名字不太有反應。名字對牠也只是人類世界方便的一個字。狗沒有認我為主人。牠不討摸不討吃。乖到不像狗。收容所三年，加上化療十九次。狗的經歷。生過小孩。乳頭現在是黑色的。側嘴缺一角，被舍友咬的以前。不反抗人類對牠的擺布。打針戴頭套關籠子牠很熟。

我習慣生活的狼狽生活的變動。可以接受臨終狗。我沒有要把時間都花在自己身上。我可以分一點時間給狗。給貓。人的時間有多寶貴多高尚呢。我摸到外面的浪貓時間就不見了。我看牠們吃飯時間就不見了。我看狗躺在戶外微風吹在牠身上陽光照在牠身上時間就不見了。我這一生的時間反正都要消失的。

在這種熱的深處我沒有冷氣。在這種疫情深處我收了一隻癌症狗。熱這麼豐滿。人人那麼豐滿。滿滿的冰箱。我的冰箱是空的。人們彼此不停地說好話。把好話每天穿在身上戴在頭上。我一次一次感覺我和他們不一樣。我手上的狗是病狗是瘦狗。他們手上的狗那麼美那麼可愛人人都想摸。在這種熱的深處，把燈按滅了。我和兒子和動物們一起睡覺。

在睡覺的深處我和神說，祢要我遇見幾隻動物，放馬過來、放狗過來、放貓過來吧。夏天的跳蚤已經盛開。在這種熱的深處，長出了一根白髮。一根頑固的葬禮。我很單薄。很孤獨。端午節沒吃粽子。中秋節沒吃月餅。沒有家人團聚。已經快一年沒有那種桌上滿滿是菜的畫面。永遠都是我和兒子。我繼續認識更多更多的動物。打死更多更多的跳蚤蚊子。

我的年邁就是這樣開花的。在熱的深處。電扇吹在我背後。我靜靜地擴大一種東西。我的毫無用處正在變得強大。我對那些人毫不修飾的利己主義感到厭惡。我牽了癌症狗。牽了六月的盛開。熱風一球一球地襲擊我。

我睡在我小叔的床位上

我睡在我小叔睡了三十多年的床位上。我這輩子除了宿舍，還沒在家裡睡過這種宿舍床，上鋪是另一個床位。現在堆放雜物。整個人好像被卡進去。四肢都無法好好伸展。腳一伸就貼底，頭還得往上挪。心裡有點納悶這床的長度是不是做錯了。

這房間是唯一沒有對外的房間。窗戶對的是後陽台。是三房中最安靜的一間。所以我才會來這裡試睡。撇開安靜，我還真沒法想像有人可以經年都睡在這麼剛好的床位上。這房間不見天日，怪不得我小叔總是睡到很晚，是他們家中唯一過午才起的人。我突然也就明白了房間可能影響了一個人。鎮日關在這樣的小房間裡。他不太出門。年過三十也沒有上班。我現在在他搬離後的房間想這些事。

問了我先生，說那是他和他弟弟以前睡的。整間裝潢過的，設計給兩個小孩的。長長的貼牆書桌有兩個位子。抽屜的數量也一樣多。都是對稱的。我坐進其中一個位子，又覺卡卡的，高度不對。不知道他們大到什麼時候時分了房，以及什麼原因弟弟留在了原本的房間。我不想多問。事實上他們兄弟有很大的差異，我這時想到的是房間的關係。要是當初是我先生住了這房間，他的前途會大不同。應該是變差。我坐在這房間感到的風水、氣場都不對。憑我身為母親的直覺。我想像我婆婆一定曾經心滿意足地看著兩兄弟在她安置好的房間裡一起玩、一起寫功課、一起睡覺。

這房間按我先生的意思是給我兒子的。我兒子還小，小到還不會想要自己有房間。我在客廳打字他就和我在同一張桌上。睡覺我們就擠在一起。他非得和我睡同一張床。寒假時我們到家裡每個房間試睡，在小叔的房裡，我們就擠在那單人床床位上。半夜兩人都起來了幾次。我想到我小叔一直都帶女朋友回家。他們也是這樣擠在單人床上。我突然很慶幸自己從來沒睡過這種格子床。設計者沒有想過這是一個人、說不定一輩子都在睡的床位，這樣剛好的尺寸，加上三面都是壁，我又想到，他可能都還沒睡過雙人床呢。

這房間因為窗戶外就是洗衣機。不時總有人去洗衣、曬衣、收衣等動靜。所以我小叔大部份時間是緊閉窗的。就算開了一點點，當時去陽台的我也不好意思多看。總感覺他開了一盞枱燈。房間的光線不強。他們家族的想法是黃燈比較有意境。可我一進到黃燈的房子就頭暈。要我長年住在這樣的房間，很難說會變成什麼樣的人。後來在這個裝修好的架構下，他又添了一張電腦桌、一個矮書櫃放滿我婆婆買給兒子們的音樂百科、科學百科套書等等。一整套一整套的，現在還在。我先生幾次都捨不得丟。他總有個音樂夢，想要兒子學鋼琴懂古典樂。這就是那些會買音樂百科的父母的白日夢吧。最終過了三十年。那些百科沒有一本被拿出來看過。兩兄弟都學過鋼琴。我先生怪罪是那老師不好。我兒子現在八歲，那些他說要和兒子一起看的書，一本都沒拿出來過。

我小叔這房間可是得來不易。我先生去貸款給他高於市價更多的現金給他。作為老母早逝他答應母親要照顧弟弟的允諾。他人搬走後，至少有一年吧。東西還沒搬走的。等了超過一年，好不容易，他東西打包好搬走了，還是留下很多，他不要的，我婆婆的雜物。我們一點一點清掉後。現在我睡過了他的床位，才懂了這房間。懂了一個睡在格子床上的男人的成長。懂了好像一切不是他的錯。是這房間的錯。是命運讓兩兄弟，一個住進了有對外窗的房間，一個沒有。但是沒有人想過這件事。沒有人會想到是房間的問題。

我兒子不要住進這樣的房間。睡過才知道的。也還好我只生了一個。要有兩個的話，這兩間房，必是一人一間。而總有一位，會經歷這樣的生活空間。再放大想想，這社區，有一百間和我們一模一樣的房子。有一百個小孩，會住進這樣的房間。全台北又有多少這樣的房間。又有多少父母，做了小孩房沒想到小孩長大尺寸會稍稍不對。我婆婆至死都不知道。或者他們認為這沒有關係。

我在老家有一箱衣服

我在老家有一箱的衣服。一個壞掉的行李箱。滿滿的衣服。我回老家不需要帶衣物。回家就打開這只行李箱。裡面有我喜歡的衣裙。我刻意留在這裡的。每半年或一年再遇見這些自己的衣服總是很新鮮。我是刻意的。刻意留了這些會想穿的衣服在這裡。至少回來還有穿新衣的欲望。當然，我在老家已經沒有自己的房間多年。多年沒有自己的房間。我大約只有在這房子住過三、四年，國小的時候，後來上中學就住外面了。所以想當然不會保留房間。這些房間平常就是空著的。有床、衣櫃、雜物。一袋袋的被子、枕頭，放在箱子、塑膠袋、或是壞掉的行李箱裡。我媽媽去撿的行李箱。

我在老家的衣服。都是我在二手店挖的寶物。我回老家很廢。就覺時間不對氣候不對頭腦不對。我只想逛二手店。對百貨公司沒興趣。全部都沒興趣。沒逛到二手店好像沒回到家。我媽媽只會叫我掃地。叫我去做環保。我就偷偷去逛二手店。十年後，我套上我婆婆的羊毛圍巾。偷穿了她高級的長大衣。就這一兩件合我。我的外套、冬衣大部份都是在這裡的二手店挖的。是根本不認識的美國人日本人的，還是都已經過世的人的外套，應該九成九都是過世的。穿在我身上。我不怕。

或者我躲在房間裡（其實在這裡我已經很難好好地把自己關在房間），試試在老家的手氣寫作。我不寫東西也想看一點書。那些書我看過很多次了。每回還是巡一遍，抽出自己想看的書，抽了一大疊。我的書和他們的書都不一樣。很好辨識。這些書是我當年想回老家開二手書店運回來的一大堆書。我後來賣了不少。去擺書展賣的。每本書後面都有馬幣的標價。有些書我永遠都不會再想抽出來看。有些書我抽過很多次。用這種方式是可以清書的。每半年來看一次。每一年來看一次。我習慣這種節奏。每半年看一次我媽媽。現在三年都看不到了。我也很想她變回行動自如的樣子。我也想臉上沒有眼鏡。我沒想過我要回來。回來陪我媽媽過晚年。那電視台我就受不了。沒有我自己的貓我受不了。沒有書店我受不了了。

我在老家就這一箱衣服。我這人就這一箱衣服。我在這裡只剩下對二手衣物挖寶的激情。幾年下來這樣的激情也逐漸減退。好像有聲音在說停了吧。衣都沒穿完。衣櫃已經爆炸。我在台北不買衣。不逛衣。很節制。這幾年真的很節制。也就是因為把欲望都留在老家。每半年採買一次就好。平日眼不見為淨。我在我的句子裡是一個自私的人。自私地活著。自足地穿那一行李箱的衣服。我不太想找任何人。光是看看老家的貓、狗。心裡就很愉快。我想做的事就是放狗。提早放狗。我老爸讓狗放風的時間很短。我就愛放牠們。看牠們在地上跑跳。我想做的就是餵狗。讓牠們多吃點。還有幫狗洗澡。白狗站起來要搭在我的手上。牠喜歡這樣立起來和人握手。除了我，沒有人會靠近這兩條狗。

回去之前，一切又打包回這只大行李箱裡。現在我媽媽已經沒體力再幫我整理這些衣物了。以前每回我回去一打開行李箱，裡頭的衣服是排得整整齊齊摺得一絲不苟。這一看就出自我媽媽之手。我媽媽的愛是實用的。都投入在幫孩子整理衣物。到現在她都有力氣都還習慣幫我弟弟熨好衣服，一件一件掛起來。那雙幫我摺衣的手消失了。我的衣服是摺得那麼亂。見不得人。我離開的時候，突然有種整理衣櫃的欲望。把台北的衣櫃想像成一個大行李箱來整理。把自己的手，想像成我媽媽的手來整理。

工作室

我記得大學的系館五樓，幾乎是一整排閉門的、沒開過門的教授工作室。其中有一間，是一位已退休教授的工作室，裡頭有一台像堆高機一樣的設備，可以把人固定在高處畫大畫，像戶外高空作業類。應該是只有那位教授才會畫那麼大的畫，當然，那是教授的工作室，而且是已退休的教授，這雖然令人有點不解，不過大概可推測人家德高望重，家裡沒那麼大的空間，也沒有那種設備吧。或者是其他人也沒有要畫那麼巨幅的畫，就這樣種種原因，順勢之下就成了退休教授霸佔工作室的理所當然了。

說到底，一所系館，一所老系館，難免會有這類隱形的佔用資源的地頭蛇。有時是一路念到博士班的學長姊，有時是工作多年的工友。不過說起來也很巧，我倒是去過那位畫大畫的教授家裡打工，他家裡倒非沒有空間，他寓所是一整棟好幾層的，隱身在學校就近，整理得乾乾淨淨。看得出來是一位兼具財力的畫家。我倒是沒見過有人拿作品請他指導，或是他指導過什麼人。我們這些打雜者，幫他整理，整理什麼我不記得了，總之不是畫作。在他的眼中可能只有自己的作品吧。這一大堆就近的美術系學生，大部份也都對他敬而遠之。

很多年後，我認識一對美術系夫妻，雖是認識多年，不敢說是友人。當時因為少子化，某些國高中將閑置教室改為文創中心，那對夫妻雙雙進駐了學校，一人有一間工作室，雖然不大，另有一間工作室是他們熟識的美術系教授。不認識的人看到的是三個名字。眼尖的人馬上就意識這三人的關係。當時一位友人和美術系夫妻很熟，建議我去他們工作室看看，說不定可以「借用」。

那對夫妻已雙雙獲得教職，準備去賺人民幣了，也就是他們「不需要」工作室了。雖然已另有發展，至今他們也還是保有那工作室。我當時去找他們時，他們對我沒有釋出任何「歡迎來使用工作室」之意。那個下午，女主人不停在用手機和在阿公阿嬤家的兒子聊天，她帶我去看另一間更大的、她平常也可以使用的大工作室、大教室，我問她：「你不在時這場地誰用？」她回了一句看似漫不經心、那樣理所當然、那樣自然而然、從她口中說出的話：「等我回來的時候用。」

我對那樣毫不修飾的利己主義感到吃驚。一下子讓我想起了那位家裡明明很大，還是佔用系館工作室的教授。

在他們進駐這學校工作室前，他們已「進駐」某公家的工作室多年。當時那位和我一樣不識趣的友人就叫我找他們聊聊。一到兩次，友人還傳來訊息叫我去申請那些工作室，說他們是裡面的人，說一說就可以去了。我是申請了，一次也沒上過。

那些工作室都是有週期的，也就是半年或一年吧，為什麼他們可以在那裡那麼多年？這些也都不是我們這些「不會做人」者會明白的事。我後來沒有再想找工作室，默默在家裡的一方桌子、地板上打拚。

風還小的時候

風還小的時候。就進入我耳朵了。那故鄉常見的花被我一瓣一瓣拆開了。看見那常見的花。風就進入我耳朵了。那些土黃色的句子。在高速公路旁。在我回不去的家路上。那野茫茫的我自己的土黃色。土黃色的臉。在我的貓身上。蝴蝶薄薄地停在那裡。薄薄地卡進我手上。我挽住了牠的手。薄薄的一片。越飛越薄的鄉愁。

我看見我停在那樹上。我就是從那裡長大的。我媽媽老了。我們一樣分歧。也一樣融洽。

我選擇沒有上班。還有一種不清不楚的行業別。這樣的女兒緊貼著水面，跟水一樣透明。

我總要到泳池去。像泳池一樣淺。跟水一樣透明。我總要到泳池換血。水從我嘴裡吐出來。一輪又一輪。然後把全身沖乾淨。把頭髮洗乾淨。重新開始肚子餓。重新讓風進入耳朵。重新透明。重新習慣路小小的。重新變成貓的孩子。

我知道我自己抱的是一個牢不可破的生命。她的眼珠子牢不可破。上面下面都牢不可破。

一張皮。裹緊我全身的皮。我爬到樹上。和貓在一起。我爬到桌子下。和貓在一起。

我跑過去。那西斜的光。接住了我。

時間一下子就晚了。一下子就啞了。

我手中的台北啞了。台北一下子就冷了。吹得很冷很冷。這時候一點點的風就可以把我凍得發抖。

我軟在沙發上。想起要接兒子回家而跳了起來。風把我壓低了。壓得很低很低。

和那些貓一樣低。我的眼睛裡已經沒有風。什麼都沒有。

我感到我應該去洗手。洗我那些土黃色的句子。

把手洗了再來碰這些準備要丟掉的畫布。這是對畫布的尊重。就算是要丟掉。

我把那些學生用的畫布丟掉。鐵了心丟掉。用那種畫布是畫不出好東西的。

家裡平凡地掛著兩張畫。更融洽了。
把這樣小小的房子剪下來吧。我看著自己成沓的畫。
看著貓的屁股有一把剪刀。在搖啊搖。

我去洗了手。風穿過我的手。風還很小的時候，就進入我眼睛了。我那天沒事。不過我沒煮飯。我要成為像貓一樣強壯的結紮少女。白天在雜草裡寫作。晚上在海邊睡覺。我的毛衣吸著陽光。吸著風。也吸著寒冷。吸著露珠。

山河少女

油棕樹下面的葉子掉下來，上面的葉子不要笑。（馬來諺語）

犀鳥飛過，樹枝就掉了下來。樹枝斷了就是斷了，跟木炭一樣斷了就是斷了。斷了的黑黑的木炭，好壞都是黑的。手碰到了就是黑的。成為木炭，越黑越好。沒有樹幹了，根也管用。我就是一塊任性的木炭。一個任性的廢物。哪個海沒有浪，哪個浪沒有廢物。我製造廢物與希望。製造紙上的噪音，轟隆轟隆炸了自己的父親母親。

轟炸聲如此，舞也如此。樹葉搖晃，橡樹流汁。我在搖晃，被生下來的都跟樹一樣搖晃。

我活著的意志就是那山河水。山河水是那強壯的結紮少女。

抓魚的在大叫了，小船又不順從了。

我進到山河裡，山魚在我手上。盛開的山河水一次又一次濺濕我。聽到這水聲我才醒了，經血盛開。這健康的詩意泡入水中，沉甸甸的。抓魚的人收割了一桶羊齒的捲鬚，我端到餐桌上。小小的山魚飛快游走了。我已經不是個孩子。山河是我原本的臉。山河我隨便穿。山河回到被砍伐的位子上，嘩啦嘩啦地流了起來。那個挖空的紙娃娃位子上，我放了一隻山魚進去，土色的山魚。

一開始是那條山河。山水是那樣清澈的，只要流到外面的河水都要變黃的。這裡的水和你們那裡的不一樣。水聲、味道都不一樣。一整年的熱，下一天雨就夠了。一輩子的熱，進山一次就解了。魚在山河裡產卵千萬沒有一個人類知道，這就是山河。花不會只有一朵，魚不會只有一隻，這就是山河。

一路上是錯錯落落的鄉下房子，很久很久才會有一個小公車亭，令人安心一些。一路上沒遇到公車，有很多好像是廢棄的房子，草長得很高，接著你會路過一家廢棄的戲院、百貨商場、小小的火車站，可能也是半廢棄的；還有一台顯眼的黃色學生巴士廢棄在路旁，燒毀的大片油棕園，一大片野草根正在蓄勢待發。

接著是乾過的雨水味撲鼻，飄盪在高空中的河水聲。髒話塗鴉在電話亭外牆上。垃圾很多。煉乳鐵罐、汽水鋁罐。生鏽加上雨過的味道。山河少女正在慢慢摸索它的故鄉，摸索河床上濕滑的青苔。蟲子亂飛，雨後的蟲子。泥路被車輪飛濺亂噴。

媽媽已經幫我準備好結婚頭紗。我已經把山魚野放。我要離開這心煩之地。我的小說沒寫完，這笑話就不用提了。我不愛這男人，只是他可以帶我離開。離開無用的山河，離開那些野蠻的靈魂，野蠻的陽光。我知道我終有一天會像我姊姊們那樣，永遠地離開。

那時候夜晚已經佈滿那台巴士，夜晚已經握在我手心裡。我會小心翼翼地離開。我寫的山河南邊有稻田，北方有火車通往泰國。借來的字，借來的錢，塞滿我口袋。我走的時候十八歲。血壓正常，四肢正常。我叫死亡過來、過來，離我媽媽遠一點。我的軟行李箱很醜，便宜貨，輪子咯啦咯啦地不順。我媽媽去看眼科醫生，去動白內障手術。她的眼睛不時流出液體。我坐立不安，前後搖晃，滾落在時間的山河裡，我就上了大巴士。

巴士在夜裡開走了。我媽媽說，水夠深，魚才不會死。她給我剝了山柚子，我在巴士上吃起來。以後我想起那一路的景色。黑暗中的景色，聽不見半點外面的聲音。唯一發亮的是國產石油加油站，還有蘋果超市，一轉眼就消失了。我一路去了機場，上了飛機後就比我媽媽還老了，留在地面上的人永遠是孩子。我想起外公的咖啡店木頭牆上貼滿了香菸啤酒海報，無風無雨嘶一聲就垮下來。山河也在那一晚垮下來，洪水壓在我身上。

大屁股的大舅媽繼承了外公死後的咖啡店，她每天穿著像孕婦一樣的長裙，涼涼的風可以透進熱屁股，她沒有娘家，每年三百六十五天都在咖啡店裡。大舅一家四口連我表姊表弟，一直到他們中學畢業，表姊出嫁，一家人都睡在一間房間，雖然咖啡店裡房間多得是。我媽媽十四個兄弟姊妹都離家了，我外公走了，我小舅潛逃，空的房間越來越多，也沒有哪一位姊妹會回去過夜了，他們一家四口從來都是睡在一起。他們牢牢地吸附著山河水。蚯蚓不能成為龍，大舅媽說。蚯蚓和蚯蚓在一起；麻雀和麻雀在一起；犀鳥和犀鳥在一起。

他們的房間有兩張大床，一個梳妝台，一些衣櫃。剝落一半的囍字貼在衣櫃上、梳妝台鏡子上。那是外公家最角落的房間，走出來就是廚房、浴室，廁所在外面的。晚上我不敢去外面上廁所的時候，就會在那間浴室尿尿。多年後，我還會夢到自己在那間浴室尿尿。浴室裡綁了幾條鐵線掛衣服用，一大缸滿滿的水。

一大缸的水，我幾乎碰到了。冰涼涼的水碰到了我的腳。我媽媽十四個兄弟姊妹去搭了火車，再也聞不到那些雞屎味。我把泥娃娃放在草叢裡。乖乖待著，別跑啊。

在這裡，太陽是強健的。雨不發怒的。土地也沒發怒過。跟十四個兄弟姊妹一樣，跟我媽媽一樣。她說，人活著就得像火那樣在爐火上，像牛那樣在草地上。我已經到山河的大對岸了。每天來回的小船發動馬達又載人走了。船夫用土話叫我阿妹！阿妹！我雙腿都是進山裡被野草劃破的一條條細血痕，在巴士的黑暗中我摸了摸那一條條細細的，已經結痂了。

媽媽已經幫我準備好結婚頭紗。十點以前太陽還是溫和的。白晝到七點。天還是亮的。人要回去很多次身體才會變亮。一次又一次磨亮一點。越回去我越餓了。我越是摸到我媽媽的身體，摸到她的餓。山河水的地平線已經沒人在看了。人們偷偷把垃圾丟下去，偷偷把回憶丟下去。太陽一出來，好像一切都沒發生過一樣。好像河本來就是臭的。

我把咖啡都喝光了。喝光了我媽媽的，全家人的。喝了他們土色的臉，土色的雙手。這我爺爺自建的房子，破一塊補一塊，補得奇形怪狀了。就跟我媽媽這代人一樣，土色的勞力，土色的消耗。新補的罩在舊房子的土色上，罩在上一代的土色上。現在新的又開始破。我弟弟開始補。他們羨慕我離開這永遠是太陽的地方。我羨慕他們一輩子留在同一塊土地。我羨慕他們可以摸到媽媽的手，摸到童年的手，摸到土色的太陽。

那一路上，我用光了全部的回憶，山河水流進了我媽媽的短褲。她永遠洗不乾淨的腳，黑污污的腳。在吹冷氣的一代還沒席捲他們之前，黑污的頭髮，黑污污的臉，硬邦邦的腳底，厚厚的腳皮。髒水一次。老一次。洗地板一次。老三次。髒的。水都是髒的。我蹲在地上擦過一輪地板，像我媽媽以前做的那樣。每天打掃，每天洗好幾次手。我討厭的打掃已經盛開。髒水滲入我手心，一手的粗，就摸到了我媽媽。我再也不討厭打掃。

那些船那個窄窄的河口，我們的抓魚鄰居，在補透明的漁網。魚乾味罩在他們家房子上，他們家兄弟靠自己本事上了大學。他們家的房子也被推倒了，前面的可可園也變黃泥一片。他們給父母買了新房，還是在那附近，跟我那表姊表弟一樣，大部份的村民沒有遠離這些船這山河。我小時候常去看船進船出。船一隻一隻消失了。泥濘越積越多。土色的風、土色的太陽照在那個河口，土色的河水。土色的螃蟹爬進爬出，忙進忙出，跟我媽媽一樣。

土色殘留在我媽媽腿上，以致她走不動了。殘留在她十四個兄弟姊妹身上。沒有人倖免。我繼承了他們土色的心跳。土色的耳朵鼻子。吸土色的氣味。動物身上土色的氣味。這種氣味不會用光。我媽媽的雙腳在自然地收縮，我摸到了髒抹布。

在這裡我別上了我的結婚頭紗，我用上了我全部的回憶。用足了全部時數，一樣一樣地去用，一樣一樣地咬，一樣一樣地用口水、汗水、尿液換來的。我媽媽一樣一樣都用過了，從未用過的滾滾黑煙也用了。用火燒過了，沒有土地了，也沒有舊的廟，一切都是新的。每一件都是新的。八點前的太陽，八點前的陰影，全部都用過了。

我自己的用過了。我媽媽他們兄弟姊妹十四個名字都用過了。

用過了跟蒼蠅一樣的想法，我媽媽跟狗一樣的想法。過一天是一天，早上吃早上，晚上再說，每一天醒來對吃充滿激情。她好像只有在外公家那一段像人。咖啡店推倒了，好像她隱形的腳被截肢。我們隔壁的雜貨店老人荻秋，我常去向他買摩托車汽油。這裡沒有加油站，汽油到雜貨店買。他用寶特瓶裝一瓶給我。荻秋後來糖尿病去截肢，截肢後不想見人，把自己關在房間裡。我們沒有人看過截肢後的他。

我媽媽也中了房子被推倒的病，她在那附近買了一間房子。三不五時要去一下。我表姊表弟也是，他們沒有離開過山河水，住在附近的雨傘溝。他們永遠不長大，永遠是孩子，跟我媽媽是一樣的。我表弟偷電子廠的東西出來賣，給人開霸王車。沒有過正職，也不以為意。永遠笑咪咪的一張臉，圓胖的臉。這些名字我都用過了，走到熱烘烘的太陽下，我都用過了。

在這裡破身體不會過時，不會被蔑視。破衣衫，破腳踏車。去開了爐火，我才醒了。我生來的名字折成了一本書，壓在舊衣櫃裡。黃藥水倒在我媽媽的手上，割草時受的傷。她不以為意地說，他們受過的傷很多，對皮外傷見怪不怪。我白皙的手不管用了。名字不管用。我給我媽媽的花園除草，除了好幾天。把好多個字湊在一起。用熱一點一點填平自己，不管誰的名字誰的回憶。這裡被燒掉的一片又一片的油棕園，一次又一次地開發燒芭。滾滾黑煙，用了一次又一次。

樹枝斷了就是斷了。木炭斷了就是斷了。只能拿去燒。

當那種鳥從你頭上飛過，發出那種聲音，就是山鬼出沒的時候。當雞蛋花的味道濃烈撲鼻，就是女鬼來了。當我寫的時候，我就想起了山河水。不寫的時候，我也想著。我幾乎碰到了，卻不知道哪一個才是自己真正的鄉愁。不管是從中國移來的還是山河的，都不是我自己的。是別人的。是聽來的。每個人有身體，有工作，口袋裡有鑰匙，大多數的麻煩都消失。我沒工作，沒結婚。麻煩不會消失。我也跟姊姊們不一樣，我沒有永遠地離開山河。我一次又一次潛進山河，水夠深，我才不會死。我坐在父親母親的照片旁，回頭去吸我的山河水。吸這塊成破布的山河水。

山裡的土話說，如果是好的種子，掉到海裡會長成島。如果是壞的種子，就會漂浮著逐漸變爛。可我們分不清好壞。漂啊漂啊。房子被燒了還看到滾滾濃煙，心被燒了誰都看不到。

一開始的山河水。飄在空中的溪水聲。越來越近了，我又坐上夜色的巴士。

靈魂移動的速度非常快，早已回到了家。山河已經在等它。我這完全不成氣候的送葬隊伍，在黑暗中乾了又濕的眼睛。我的唇發白，眼鏡沒洗，一身破衣。到山河車站時天色微亮，是我們習慣坐夜車的人熟悉的。

弟弟騎摩托車來接我。我緊緊抱好了那骨灰。外國下的是金雨，我們這裡下的是長矛雨，會把人刺死的。那時你說，破了頭也要出去，已經是半條沒血的鹹魚，千萬條鹹魚裡的一條。

在你回不去家的路上，我緊緊抱好你。一路到底，就到了。

替你把鞋子脱了下來，把雙腳浸泡在冰涼的山河裡。

山河少女的身體很快縮小了，慢慢摸索她的故鄉，摸索河床上濕滑的青苔。她的身體早已回到故鄉。她縮小的影子，潦潦草草地寫在山河的石頭上。

老貓病

我的老貓得了心臟病。她在那片窗簾裡。輕薄得只有三公斤。像一隻小鳥。

有時她縮在牆壁裡。有時在桌子上。她老時突然喜歡硬的東西。

連電扇的風都快把她吹走。

我帶她去醫院。事先去拿了鎮定劑藥丸。可餵藥失敗。當天她喘得凶。不太有反抗的力氣。連護士抱她都沒問題。她乖乖地被抽了血。拍了X光。剃了胸毛做心臟超音波。還住了氧氣箱。那天我們做了很多事。我和她都是第一次在醫院耗這麼久。

我和醫生說我不會做積極的治療。只要能讓她好過一些。

做完超音波，醫生說幫她抽肺水吧。有四位護理人員協助固定她。一開始她順利抽出了一百多cc，後來她突然惱怒抓狂了。我們又再試了一次，她不願再配合大家只好作罷。醫生說只抽了一半，至少還有一半。接著護理人員教我餵藥。我們結束疲累的一天回家。

回家她胃口很好。隔天肚腹起伏已經沒有之前那麼急促令人不安。我原先抗拒寵物的老年醫療，特別是侵入性的治療，但此刻我看她至少可以舒服一陣子。但未來還是沒有人說得準會往哪個方向去。醫生說貓是說不準的生物。有時估只能再活兩個月結果又過了一年。每天吃兩顆藥對她有好處。可我不斷餵藥失敗。一面對她我就心裡發抖。那顆小藥丸又掉出來。我摸她的頭。她抗拒我的觸碰。用利爪抓傷我。

不到一週我放棄餵藥了。她跑到外面屋頂去一整天。抗議餵藥。老貓的瘦弱把全部都關起來了。我忘了她年輕時的樣子。藥直接進入嘴巴。噴入她的食道。老貓的病穿過一個一個房間。穿過她這十幾年生活的空間。她沒力了。我帶著孩子去了那裡。在老貓的病裡。再過去一點。過了一個一個晚上。老貓在一件一件我曬起來的衣服裡、塞進一隻襪子裡。我記得她曾經是我的媽媽。我在台灣最早找到的母親。而我也知道這座房子有天會倒。這個身體已經先倒了。我們以前在一起。在一個小小的房間。空行又空行。我常在看她。最後一口氣在那個段落裡。在空行裡。一個字也寫不出來的空段落。

這是老貓給我的藥。神給的黑色。去弄點黑色來喝。弄點麻煩來做。老貓給我的肩膀。要我繼續去弄貓。弄黑色。老貓這週睡得很好。我就睡在她的貓床裡。她不睡貓床了。我睡在那個凹洞裡。老貓讓我睡穩了。站穩了。她在我寫的那個故事裡。那是我自己想的。是假的。她在小孩的小桌子下。在陰暗處。轉了又轉。在我作畫的墨汁裡。掉了那麼多的毛。

我滑進去了水彩盒。一管管柔順的金屬。好像我在老貓因為服藥而變柔順的呼吸裡。像我每天穿超大牛仔褲那樣舒服。換上我自己的聖誕節母親節什麼節都好。能夠寫作的時間就是一種節慶。不和家人在一起就是一種節慶。能夠和老貓好好共處她的最後時光就是最大的節慶。

一張毯子中了貓吐。貓吐被另一隻貓吃掉了。毯子放了一週沒洗。

嘔吐脫落了。等我再次打起精神去打掃。去脫落自己身上的頑固。等我把一切抽換。等我把時間一格一格送走。等我把時間一格一格還掉。還給小孩。還給父母。還給讓我避風遮雨的房子。還給一隻一隻貓。

老貓是此生和我在一起最久的生命。當時她從天而降成為我的媽媽。但記憶已經稀疏掉光了。她知道我都在做一些除了自己喜歡之外沒什麼用的事。老貓知道我沒有那麼喜歡她。老是和新貓睡在一起。總是在抱那隻肥胖的。她是碎掉的雲朵。被我小孩震碎的。被新貓吵碎的。她飄在上面。像神仙一樣。隨著她的年老，她常常成為一件傢俱。坐在和她一樣顏色的毯子上。她沒有什麼要求。清靜地活著。她青壯時我和她拍了很多照片。洗成超大張。去上班時我都把照片貼在桌面。讓大家都知道我有貓女兒。那時候我對她一心一意。可這些被後來密密麻麻的生活淹沒了。等她病發。這枝筆就像一支針筒。等我把針刺進自己。等我一個人留在紙岸邊。等我把自己關進白色紙張。

她有時吃會掉到地上。吃不乾淨。她不吃飼料了。連罐頭也不太吃。或是只吃剛開的罐頭。放過冰箱的她又不吃了。肉泥也挑。非某種不吃。老年的挑食症。她就瘦成一張皮的偶爾站起來走一走。連喝的水也挑。她會坐著。等我換過新接的水再喝。老年症。老年的入口很窄。不想讓人進去。對人沒興趣。一切已經不重要。吃不吃藥、吃不吃飯都不重要。有時聞到食物她就僅止於舔舔嘴巴。放到她前面碰都不碰。好像呼吸空氣就夠了。圖個安靜不要去打擾她就是了。吃很少令人擔心。但也只能隨她就是。

老貓覺得我吵。我開音樂吵。她大部份時間走到外面。坐在陽台地板。在架在欄杆外的冷氣機上。或樓下的屋頂上。這些都是她平常也會去的地方。只是她更多時間呆在那裡。在人碰不到她的地方。晚上她會在我工作的桌子上。她老了還是很美。相機也在桌上。但我不想打擾她了。這樣的晚上很好。看著她。不要餵藥。不要拍照。

老貓說她會自己走完。不喜歡別人干涉。老貓一直都是隻不乖的貓。從來都是不順從人意。老貓就是老貓。老貓就是我的外套。我喜歡穿她。我喜歡看她。喜歡落腳在她身上。那裡可以坐下的地方很多。很瘦的老貓。圓圓的臉。變小的心臟。老貓身上幾朵喘。雨後滿身的喘。盛開的閃電。一道一道打中我。那時就看她在喘。不是嘴巴的喘。是肚腹的喘。

冷風吹進我的內衣。老貓坐在書堆圍出來的牆內。靠近我的電腦。天氣好陰。冰箱裡剩兩顆蛋。我很早就拍了這張照片。像照片那樣。記下來我的老貓。老貓走過來把她的床送給我。我們一起睡過的床。我還沒生孩子前的床。我仔細剪出了那張床。塗上圓形的陽光。放上我的粉紅色被子摺成的小木船。讓老貓準備出發。

她都很好。走了就很好。摸不到了就很好。這些誦經她都收到了。都很好。在那裡沒有了身體。都很好。她在我黑黑的咖啡裡。印在我的胃裡。黑色的貓印。就在我肚子裡。我每天餵她。你摸摸這裡。就是這裡。她來到牌位前。我的睡衣給她躺。八月四日。九號的屋頂。那時我不在那裡。鳥先飛起來。把她的靈魂帶進一片陰涼的樹林。夏日晚風。從樹林裡剛走出來的空氣抱了她。都很好。

她走的方式對我很好。完全不用我做什麼。我在機翼上。我隨時都在跟她對話。這樣才心安。一頁一頁仔細翻。一陣又一陣過去的掌聲。很多年了。這隻貓。她飛到我耳邊。很早就睡了。

我離開前幾天都在洗東西。收東西。掃東掃西。我走的十二天。提早幫她誦經。已經不會管有沒有用。一件舊衣服。一路舊的。就是這樣一路走著。一路想著她。也不去管有沒有意義。應該做什麼事。我還在收衣服摺衣服挑要穿的衣服。每次來回老家都在重複這些。收拾。沒有目的地摸狗。看陽光。看野草果樹。

她在我自己釘的小筆記本上。我馬上就看到她了。我馬上就抱了她。她都很好。曾經很重要的東西會消失。外面暗著又暗著。長著一個一個方塊。一個一個暗掉的回憶。慢一些的第三天。三十個字的第五天。年輕得多的第五天。她都很好。走過八個屋頂。八塊天空。就回到天空的家。問題會消失一半。就往上一點。問題會全部消失。寶兒會把我帶往哪裡。她是我的媽媽。媽媽不想麻煩我。用這種我不在的方式走了。在一種流浪貓的方式走了。我沒有她的骨灰。唯一就找到一個她睡過的箱子。裡面有一塊我剛洗不久的棉布。上面有她的毛。那塊布我知道。是我離開家前刻意先洗乾淨的。是想她走時用這塊乾淨舒服的棉布覆蓋。我捨不得洗那塊布。拿來枕邊睡。每晚睡前我都要和她對話。

做一隻好貓。去睡覺吧。幫太陽梳毛。去喉嚨痛。昨天的濕氣來敲門了。拿去曬掉。這種熱。什麼都曬得掉。我游過去了。到貓那裡。不用擔心。老貓變成小小的鳥。舉起薄薄的雙翅還想打我。很少看到老貓走路了。病好像停了。等老貓放學時神會來接她。這樣你不用擔心。

我不想打擾她。這本書很小。因為老貓變得很小很小。老貓現在不喜歡我碰她。她跑掉了。我正好路過。和她打了招呼。親切地叫她的名字。冬天的寒風不要吹來。我們都一樣怕冷。病終會退。風終會止。出了太陽。我們以前都在貓的身體裡。在媽媽的身體裡。什麼都不用怕。

我們都是好孩子。依偎在一起睡。

※ 劃線字曾獨立出來成詩，收錄於《老貓簡史》（二〇一九，斑馬線）。

我現在不跟你道晚安

我們先洗手洗腳
洗掉你母親叛逆的靈魂

就在這張媽媽的大床上，我開始冒汗。雨水從我身上滲出來。我打開身上所有的窗戶。裡面有一張小小的床。床的陳年乳膠浮進我的身體。我用我的盲目固執地回憶。我用我的盲目寫作。用玻璃寫作。我嫁給紙張，把紙張推倒，把床單鋪平。我躺在生產台上，沒有床單。我想要找回母親生我時的力氣與青春，帶回自己的手，帶回自己的床。

太陽坐在我大腿上等公車，太陽正在昇起，太陽在那裡一起湧出淚珠，在那裡低著頭沒有目的地憤怒。我正在面臨劇痛，正在把熱血擠進你的身體。生完你後我凝結成塊，被放進病床的床單裡，摸著發抖失去知覺的腿與你的新生肉體，摸著你結實的呼吸。大床上落著血，子宮裡落著黃花，肚皮上的傷痕還沒停止搖曳。

小時候媽媽化成玩具的靈魂，爬進我的教室，穿過我的淚眼我汗臭的背在我手心上躲在我的書包裡。放學時慌亂的振奮，媽媽變成的玩具開始張開嘴，像山一樣喝起雨水。我把幼稚的故事寫在那個玩具上，講故事給它聽。天熱媽媽的經血開始腐臭，我把它放入一個雨後的水坑裡，它像白糖一樣溶化了。

就在這張窄窄的手術台上，我正在被切開。像雨後水坑的濁，像小時候跌倒的哭聲。把小時候的沙坑填上，拉出裡面臭掉的玩偶。把玩偶放進書包，讓玩偶寫字，畫重點，下課，讓玩偶死掉，變成說話的輪子，兩側發出銀光。透過貓，透過異鄉，把手放下來。住進沒有吭聲的霉味，縮進滿天星斗的斑點，凝滯在家庭的地板上。

生了你後我開始有了書寫的需要，有坦訴一切的需要，像每個月讓經血靜悄悄流出來的排放。每天晚上我作了數不清的夢，我深切地厭惡你的父親，每個月都想要深深地劃一刀在他身上，就這樣我必須一次又一次回到我的童年旅館，一次又一次地把大腦重組，必須一次又一次地拍打貓，一次又一次把鼻子埋到貓毛裡面。把雙手像根一樣深入貓毛裡面。

就這樣，我必須把一山又一山的回憶解散，把一山又一山地挖掉。在這個寫作的過程中我是個愚公，在這個過程中我感到振奮。我正拿起鐵鍬一把一把地鏟死你父親。我對自己的力量與暴戾感到吃驚，我只是坐在椅子上安靜地打字，我的唇還有咖啡的味道。我舉起手把那些人趕走，把你父親的肉體燒成沙子。然後陽光降臨，我站在陽台觀賞植物。然後海洋降臨，我化成一片水。我捏死那些熟悉的絕望感，書寫垃圾。

我感到每個指尖冒出小小的花朵，冒出洗碗精的泡沫。感到故鄉河岸沙礫的熱氣，感到已經很久都看不到的星空的大熊座。感到媽媽給我的餘溫，黏黏糊糊地冒著泡泡。肥皂洗衣的聲音堵在記憶的洞口。那是鋪了白色床罩的寬敞，抹肥皂，搓揉，洗熨。單純的聲音，繁殖成一座山。

生了你後我搬進了廚房的抹布，我的身體住在那裡。我躲在人的身體裡假裝盛滿鮮花。我躲在人的身體裡假裝自己會寫作。我想起自己已經沒有太陽的肉體。還是白皙的，還沒有枯死。我還能爬樹，能跑千米。我忽視我的身體。你給我挖了一個洞，沒幾天就長出一朵野花。沒幾天野草野花又都死了。

換上乾淨的衣服繼續活著，跟世界上那些興高采烈的孩子一樣。帶著全新的心臟與眼球，帶著全黑的沉穩，全新的厭惡感，用一隻腳行走，這是人母的生活。流著汗聞你，小小的碎片砸向你。一點點殘缺，裝箱讓它長大。為了終將衰敗的稚嫩，叫他們息怒吧，吃些貓毛平息吧。進去吧，孩子。你的時間還久，不用管他。放下卡在枝椏上的垃圾，看垃圾回頭跟你笑。

從那個像貓的身體一樣的房間，從每一根毛的末端，通往媽媽大床的氣味，通往我自己的手。平常的吵架，像貓的舔毛，像擠在一間房間裡的書本。那房間，收了黃昏。收了黑色。那隻手繼續挖洞，在書本裡挖。那裡的野草硬挺，像半夜那些被關在鳥籠裡的鳥叫聲，像小孩子精神煥發的鼻息。挖掉那些假的責罵，假的老師。你快跑，因為明天不停地笑著，太渴望光明地笑著。

在你的身上今天是童年，是放好的溫水，在你的身上造路，鋪水泥，冷卻。今天是鏡子，我們掃了落葉，邁進去你新的身體。貓在你的肚子裡，去把牠抓出來。在夜裡睡，電扇盎然地轉，顏色被轉掉了。媽媽抱著你，穿著貓的身體化成的衣服，棕黃色的身體在對你笑，無聲地走過你的船，用毛吸乾你的鐵鏈。媽媽不見了，在粉撲的鏡子裡不見了。

這浴缸一圈一圈的垢，一層一層地異常分泌。你用力跑吧，用力爬上那滑溜的浴缸吧，張開嘴巴大口呼吸。早晨的味道都在你的嘴巴裡，在你的雙手雙腳裡。替你換洗的那一份空白，是延續了好幾年的陰雨。更多的溫水，更多的清潔劑，更多的老，更多的恍惚在房子裡跳上跳下。留給鐵門，留給外面，還是留給靈魂。成為腐敗，成為外面，還是成為黑？我只是覺得餓，餓站在我肚臍上。我只是想要陽光與枕頭。

那時我想要寫一本小說，那本小說叫病房。病房裡是我剛滿四歲不久的兒子。我寫不出來因為我動輒就淚眼。在騎車往返醫院時，淚就流在風裡，回到家淚就擦在貓毛裡，牠們不會介意。醫院裡面的噪音刺眼，醫院裡的光亮讓人無話可說，醫院裡的小說無話可說。冷氣房裡篩進來的陽光很快就用完了。我和年幼的你被放逐在醫院。這個世界不再奔向父親，不再回頭，野貓野狗會載我們回家。

我必須住在那間房間，把你塞在口袋，把吵架塞在喉嚨，拿抹布擦掉殘餘。不斷擦拭一遍一遍，接受生活，把字忘掉。你渴望大量的關愛，我會送你，鮮豔的雨衣。因為你永遠都是個孩子，我聞你就知道你是一個孩子，也是一個神。那交給風吧，因為你還是個孩子。你在夜裡出遊。你長大了。你吃過月亮了。你相信玩具，相信母親。人生下來就要破除嬌嫩，死了以後就埋進大地。像人一樣站起來，像人一樣打掃，像人一樣荒廢，像人一樣刷洗乾淨，像人一樣打起精神。

原諒我不斷圍繞著家庭說話，圍繞著孩子，家事，污穢。我進入了家庭主婦，清理工作讓我慢慢結實起來，也讓我像地板，我不懂如何面對這些無聊，清潔地板，桌面，空白日復一日，也變得慢慢結實。我的手攤在家裡的日光燈下，我的手補齊了這房子。我的雙手雙腳住在這裡，清潔時間，清潔孩子。柔和的一個個圈圈，柔和的一圈圈黑色。

外面黑所以你把母親當作月亮，外面黑把你吹進來。我結婚以後。消失了。留下來經歷你。外面黑，開門。誰不懂希望，誰不懂吼叫。慢慢習慣耗時費神你徒勞擋不住的黑，被你用力剝掉的身體的釦子，縫上去的奶。你要喝的奶靜靜地站在地上，縫在你媽媽的乳頭上。我都不敢再進去那個有乳汁的器官，這是你小時候住過的地方，你要對它溫柔一點。

喝熱水喝掉黑暗。我們喝隔壁的青草，喝家裡的荒原，喝聽不見的命運。等你長大開始聞到我身上的臭味，開始嫌棄我。大雨茫茫，大平靜。

我們深入動物的柔軟，深入人生的破布。男人的空蕩無存，被砍倒的溫存，傷殘的性愛。我沒有在母親的房子住太久，怕自己也沒法在有小孩的房子住太久，在有男人的房子住太久。身為女人靜靜地毀滅，用文字咯隆咯隆地施工。擠出花苞，擠開嬌豔，床上濕掉了，衣服嫌小了。可厭的紙，這幾頁，拙劣。

你的父親已經死了，你年幼的旺盛從那中間滴下來。我沒有撐傘，我還是個生手，常睡不好。雨滲進來，滲進我的胸口。我洗菜的指尖開始感到寒意，俐落的手突然感到痠痛。母親在罵我，把我的眼角沾上皺紋。把浪費掉的時間補回來嗎？人生下來都會被剝奪，被剝奪掉很多時間。剩下自己的時間，都會餓。把過去一件一件摺好要花很多時間很多力氣。你拿去吧拿去我的時間吧拿去用掉吧。我放棄了每天，放棄了打扮。

我們準備回家，淅瀝淅瀝的雨不停。茁，這是你的名字。一山畫下一山，平平的起伏。草在上面飄浮晃動，靜靜地冒出來，直直地長出。穿過泥巴走出土地走出醫院，我讀著山背後的青苔，濕濕的反光。你永遠都眷顧在草的海上，永遠都跟草在一起。再來一次野蠻的哭鬧吧，把玻璃哭裂，把母親弄死。

我正在寫你的哭鬧，我是在恨你的哭鬧。我寫燒，寫放縱，寫收集。寫把雨水倒進你的哭鬧裡，把冷卻倒進你的喉嚨，裡面有一個啞巴的方塊，裡面有母親磨破的陰道。我要你把這些耗損的冷清還給我，走到這裡，你的衣服晾得夠久了。每天用洗衣晾衣歡慶活著，在貓綿密的體味裡變成圓形。我在前進，我在顧小孩。我的一天結束了，朝我駛來。我現在不跟你道晚安，我要借你看一本書。

我要回去找我童年的貓，在寬闊的銀光閃耀中家鄉的泥濘海。她身上釋放著母親的安定強壯，她的顏色橫渡到異鄉，我常幻想在她的身體上沉沉地死去。壅塞的怨恨融化成深沉的遊蕩，在地平線上面的寂靜。我開始打掃，開始感到餓，開始爭吵，開始一滴一滴滴下來地對世界的呆滯。

我會把這裡弄完，把你小時候的畫整理好。我想把你記得完整一點。因為我已經成為你的母親。很快你會在死去的東西上感到生命，很快你會在車窗上凝視自己。把死去的東西擠進去，我不在家了。

我沒有回去躺在媽媽的大床上，沒有人說到離婚，沒有人說到監護權，沒有人看到地板上的白頭髮。沒有人看到雨水鋪滿了人行道。我們辛勞哀傷，我們辛勞晶瑩，我們都讀過回家的詩。

你借用過我的身體，用過很多的玩具，用過我很多的生命，不用還我。現在我要用鼻子貼近貓毛，聞她睡覺的味道以及那天毛吸附到的味道。我喜歡她拖著簡陋的身體讓我覺得很安慰，我喜歡她沒有穿衣服的樣子以及上帝在她身上留下滿滿花朵的圖案。我把她誤認為我的媽媽，現在仍然住在她的身體裡，她身上有我住了多年的照片。所以你不用等我回家。

※ 劃線字曾獨立出來成詩，收錄於《我們明天再說話》（二〇一七，南方家園）。

多的——
貓日記

我看見餵貓人

我看見餵貓人是在接送小孩上學的路上，好幾年了我用眼睛和他們學習。現在我大致懂了，餵貓人得留意天氣。我常瞥見餵貓人，她不顧形象的穿著跟我一模一樣。連綿雨是餵貓的天敵，颱風天更是。我撐著大傘去餵貓。熟的貓會從一台又一台的車子底下躲著雨過來，在我的大傘下吃罐頭。不熟的貓要把罐頭推到車子底下，還要等牠們吃完把空罐收走。餵貓人分兩種：一種是像那樣大風大雨都要出去餵不到睡不好的；另一種是定點餵食，這不難。社區有個廢棄警衛亭，我在後面放了個陶碗，那幾位街友都知道要去那邊吃。除了我，還有人會放飼料。因為有時貓吃不完看到那不是我的飼料。這種感覺很神秘，好像我們在供奉土神一樣。希望只要土神來了，永遠都有東西吃。

　　自從寶兒以野貓的方式走後，隔月我到收容所領了問題少女來福。來福未成年生子，在收容所生下寶寶。她堅持以野貓的方式生活了三個月（後來自己走到我家），我只好尊重她。因為她我加入風雨不改的餵貓人行列，也認識了三隻野貓。那是來福的街友。她只和老公貓碰過鼻子，和其他兩隻合不來。冬天的時候，我到地下室停車場找來福，老公貓也在那裡。老公貓食量很少，會和另一隻黑貓阿比打架。兩人抱在一起扭打，打完渾身都還在顫抖。我拿樹枝去分開牠們，搖飼料罐。吃點東西吧，為什麼要打架？老公貓是世故的，不像其他街貓那樣躲躲閃閃，可能是因為牠太醜了、太老了，根本沒人會想理牠。但牠是認識我的，走到路上遇到我，牠會停下來。我就說，沒有沒有，現在沒有（吃的）。

以前問題少女來福在當野貓時，常常會見她飽得都不碰飼料。她還有好幾個名字。我聽到有人叫她十九。我也聽過有人叫阿比胖子！你這個胖子！阿比有隻眼睛是有病的，我兒子第一次看到阿比時都不敢看牠。因為牠又是全黑貓，那隻不正常的眼睛一開始有點可怕。可是不管是誰，人或動物，久了外表就不重要了。老公貓雖然很醜，全身的毛衣又破又舊，可只要給牠一點貓草，牠就會像小孩子那樣打滾得忘我。

來福是一隻會逃身術的貓，她可以一下子出現在我二樓的家裡，一下子出現在外面馬路邊像野貓一樣。她每天在外面的屋頂奔跑，樓下就像疾風掃過屋頂。樓下的人見我臉都很臭，他們又不好意思說我的貓吵。因為我的隔壁剛好在裝修，把二樓的陽台往外推，一樓的屋頂大半都不見了。我早想好措詞要如何應對，或是要如何道歉，可這種台北人，你越道歉他們越逼人的。

我除了一邊管教來福，也一邊觀察鄰居。阿仙有時會在樓下等我，怕鄰居對她有意見，我也把她支開了，搶先她一步到她的地盤餵她。有次她大便在一樓的花盆裡，看他們車子不在速速拿張報紙把大便丟到後面野地去。老公貓偶爾會在一樓的門前尿尿。老公貓實在跟我無關，但被我撞見的話我還是會趕牠走。這些野貓還不懂討好人類。最怕的是野貓吵架，那叫聲像警笛那樣響亮。我千拜託萬拜託牠們不要在半夜在凌晨吵架，這些野貓真是的不懂事。慢慢我理出野貓的地盤，像阿仙是新來的，她不可以踩進阿比的地盤就是，所以我餵她要到她自己的地盤，讓她習慣。

我的眼睛就這樣看到了越來越多的貓，我好像以貓的方式進入了這座我一直很陌生的城市，這座貓給我的城市，我從牠們對我的好知道了更多的風景。我哪裡都不用去，我發現了台北的野貓風景。

和貓說話

我走過我家外面巷子的時候，就會聽到有貓在和我說話。巷子兩旁都是住家。有隻家貓特別愛和我說話。她主人不在。她也出不去。屋外都圍了密實的網子。但很可惜，我至今聽不懂她的話。她喵，我說：「什麼？」，她就看著我。「你出不來，在裡面也很好，我住那裡，有事可以來找我。」我只能這樣說。或是若她說多一點。我就會觀察這家人是不是虧待她。我每走過，若她家裡沒人，就會站在陽台喵我。她是隻泰國貓，體態、樣貌都美到不行。像隻公主。

我走過這巷子就會到社區一處長形的水泥地散步道。這裡有三棵被修剪得頭圓圓的樹，還有一座小小的警衛亭，現已荒廢成了儲物室。亭子和屋頂是分離的。故有一處貓的絕佳避雨處。更棒的是，散步道一側是住戶區，另一側是一座荒野。那裡有著天然的雜樹叢生。我就在亭子後方放了小小的碗餵野貓。後來有像我一樣的人放了一碗水。我還在亭子上方放了一個箱子。裡面有條軟軟的毛巾。還有一個貓床，像個洞穴的貓床。每天我會去看貓碗還有沒有飼料。沒了我就加。有時會看見別人倒的飼料。

來福住進我家後，那附近應該就只剩老公貓了，還有兩隻兄弟貓也會去，我見過牠們睡在上面的床，可牠們有外面美容店照顧（我的觀察），所以還不至太擔心，老公貓非常不討喜，會亂尿尿，全身也因為在外面很久了又殘又髒，我依稀在牠年輕時見過牠，當時牠非常可愛，到處討食也不難，可能真的是亂尿尿被人驅趕，已經對人類有距離是摸不到的。

有次週日傍晚，我又聽到淒厲高分貝的貓叫聲，過往會在半晚或淩晨聽到，無法去探個究竟，可心裡一直存疑，又擔心是有變態人士對貓做出什麼，於是速速下樓循聲去，在散步道草叢裡發現原來是老公貓和阿比（兄弟貓的其中一隻）扭在一起！散步道當時坐著一位女生在滑手機，對此事完全置外，我立馬大聲喝止：「不要打架！」用樹枝去揮一下牠們，立馬就分開了。老公貓身上好像有傷口，我瞬間明白牠身上偶有的傷口是怎來的。「你幹嘛要打架！不要打架，你看你！」兩方的貓都在顫抖著。我回家去拿了飼料。老公貓在巷子。身體還在顫抖。「來，吃點東西！以後不要打架了。」

那之後我再也沒聽到貓淒厲高分貝的叫聲。老公貓聽進去了嗎？這種貓叫聲會招惹民怨，被吵到的鄰居會討厭或想趕走這些浪貓的。我跟老公貓說了。我一看就知道是牠起的頭。兄弟貓是不會打架的。台北常有連日的雨。我看不到老公貓，但依然會搖搖飼料罐，讓牠知道有東西吃。等雨停了或想出來再出來。

今天放晴，還沒搖飼料罐就瞥見老公貓的身影在草叢裡。幾天沒看到牠心裡還真擔心，牠身上沒有傷口，看起來還可以。「你變瘦了，要多吃一點！」「冬天很冷要多吃一點！你要不要來我家住，來福已經在我家了，很冷可以來我家，知道嗎？可以來我家住。」老公貓沒有急著吃，牠坐著聽我說話，我還怕我說得太大聲被鄰居聽到，還好四周沒人。「可以來我家住喔。」「要多吃一點。我先回去囉。」老公貓目送我離開。「你知道我住哪裡，可以到樓下叫我。」

那隻叫來福的貓，就是這樣真的在某天清晨來找我，我也和牠說了一樣的話。說了三個月。現在牠住在我家。我沒有關過牠。牠隨時可以從陽台離開的。牠也是從陽台進來的。一間家裡有好多貓喜歡的東西，軟軟的沙發、毯子、隨便一塊布、人的衣服外套都好。看貓這種軟軟的生物睡在軟軟的毯子上就會令人很開心。貓這種生物是很會聽人說話的。你和牠們說什麼牠們都會聽。那隻叫來福的貓，來找我的前一天晚上，牠就聽著我和鄰居的對話，那人叫我不要餵貓。我反問他你去過收容所嗎？這地這天空這空氣是只有人類可以使用嗎？那人以為我是神經病。很多人在這點上也認為我有病的，和貓說話、餵貓這些事。

我從巷子走回家時又經過那隻說話的公主貓。我不好向牠說什麼。或許牠家有人在。「你是要來我家住嗎？你家明明就很棒了。」

作者後話：

其實貓只要結紮基本就不會吵架、叫春，不會擾人，老公貓因為太老，來不及結紮故後患無窮。

餵貓小偷

我現在像小偷一樣探來探去。因為那位見不得人餵野貓的瘋子。自從那天之後，我躲在車子旁。夾在店面和車子間餵貓。我一定要避開那瘋子。我在紙上寫了一次避開。兩次避開。寫很大。好像這樣我才會安心。我每次都警覺十足。沒法和那種人說話。他瘋了。把問題都怪罪到野貓上。見到我餵貓，他像被點燃一樣。怒氣爆炸。衝向我。我一定得避開他。否則他也許會對貓做出什麼可怕的事。

這種瘋子會怒吼。會把他一天的不順遂遷怒到野貓身上。看到餵野貓的人他更理直氣壯地遷怒。

貓偶爾會吵架。我也會被那刺耳的尖叫聲吵醒。我和貓說過很多次不要吵架。特別是清晨。我唯一渴望說貓話的是這件事。要在人類的世界生存，不要在半夜清晨吵架。否則惹來民怨或那種瘋子。第二不要亂大便。一定要找野泥土大。不要大在人類家門口的花盆。這兩點切記是人類世界的禁忌。拜託野貓不要吵架、不要亂大便。還請麻煩配合。

不過這種怒氣爆炸的情形，我已在一些男人身上隱約見過，對這種男性而言，對比他弱勢的女性、或幼輩，只要撞到他的痛點，他會變得不可理喻，彷彿那件事完全沒有討論空間，他一定是對的，這種時候，比如他會隨便抓個路人大聲問，她餵貓對嗎？搞到滿地大便！其實完全沒有，但這種時候人家通常會信他的後半句話！而在他的氣勢下圍攻你。而你確實也莫名其妙。讓野貓小小飽食，這件事到底哪裡礙到他，為什麼這世界上有人見不得野貓在外面走來走去？

然後我去後巷像小偷一樣走了一圈。這瘦瘦的一條防火巷。兩邊的後門都是緊閉的。雙方的冷氣機、什麼機通通外掛在外面。油煙味通風孔、燒瓦斯的排放孔都通到了這裡。不要又懶得處理的大型物件洗衣機、椅子、健身器材都堆雜在這裡。我餵的那一對已結紮兄弟貓，自從聽到我聲音變調，恐懼的情緒，牠們也變得很小心。不會太招搖。牠們窩在什麼機什麼管的縫隙。牠們不太敢離開這條後巷。即便這裡的空氣難聞。不太流通。也沒有綠樹。沒有野地。牠們不敢去這後巷以外的世界。

然後我瞥見了在一間窗台下潮濕處看起來是一堆長年屎。心裡更痛。貓這種愛乾淨的生物竟然不去找野泥土大，可見外面世界很可怕。然後我把家裡陽台的掃把組搬下去，在大中午去掃屎為了避開瘋子。掃了丟到遠遠的野泥土去。隔天我又像小偷一樣去買了包泥土。撒在那些廢棄花盆。其實我還買了一包菊花種子。撒了。我又不敢做得太徹底。怕太明顯的改變引人注意。一切得低調行事。畢竟我不是這裡的住戶。也不能常在那裡出沒。餵貓改為一天一次。時間挪到下午三到四點人類昏昏欲睡時間。

我明天要去掃屎。你明天不用掃屎。

星期一晚上奇遇

那是星期一晚上。要不是母親節那天我在家裡打掃太累沒帶兒子去換贈品我那天晚上也不會出去。要不是週六那家更遠一點的寵物店公休我也不會在週一去買離胺酸。那隻瘦弱的貓就站在那新填平的水泥地停車場中間。那是新的停車場，不到一個月前還是一處凌亂的違建。有古早的土房。沒修剪的樹蔭草叢。那新的停車場乾乾淨淨還停不到五台車。中間就站了那隻貓。我隨身帶罐頭的。跟白癡沒兩樣。我打開罐頭她就過來了。餓鬼地吃。餓到沒空管我是不是壞人。我以為她和小貓差不多。有比小貓大一點。明顯過得不好。毛髮不好皮膚不好。我看到沒剪耳的貓腦中只有TNR※這個字。先抓起來否則在這裡也不是很安全。

我速速走回家拿了剛買不久的運輸籠。它前方有個左右開的門。把罐頭推到最裡面。貓進去了，可以把門關上。當做手動式的誘捕籠。我開了第二個罐頭，未料這隻餓貓一點都不疑有他地進去了。我鎮定地關上了門。我兒子當時在那裡大哭。我叫他不要哭。他哭貓會怕我也會怕。接著我帶去給獸醫評估結紮。等了一個小時。順便，真的是順便。因為牠看起來完全像野貓。沒想到一掃居然是有主人的。貓的名字叫花花。而且已經九歲了。

打電話去晶片的電話是空號。我們是找不到牠的主人了。而且牠看起來，很有可能就是被棄養了。

既然不用結紮，把牠原地放回就好了。我再定時去餵牠。可是，你還有其他選項的。你可以先把牠在家和原來的貓隔離。帶牠去看醫生。把牠養好。再找新主人。或是，再放回去。我陷入抉擇困難。

那天晚上，我腦海裡浮現幾次牠在沒車子的停車場中間的身影。兩次。第一次看到牠。第二次我回家再走過去，牠都站在停車場中間。我對這一帶很熟。很可能牠原來就是住在那裡。那個雜草叢生的違建區。我以前經過的時候，好像也曾經瞥見貓的身影的。那樣的地方，有幾隻貓也是不足為奇的。而突然間一切都被推平了。鋪上難聞的水泥地。牠是站在那裡等主人嗎？還是站在那裡抗議人類推平了牠的家園？

我當時做了什麼決定？我僅能給牠微不足道的兩個罐頭。牠不喜歡飼料。看起來還真的是有人養過的貓。我把牠放在陽台。佈置好新的貓砂。水。飼料。箱子。貓床。貓草。把籠子打開時牠一點都不緊張。好整以暇地走出來。進去箱子轉了轉。那個晚上我有個錯覺是牠會想要一個靠近人類的遮風避雨處。牠會在我的陽台先好好地睡一覺。我沒有再去看牠。不要再打擾牠。

隔天早上我到陽台看。牠沒動飼料。沒動貓砂。走了。那天晚上我跟牠說，如果你要找個家終老。就留在陽台。或者是以後你想來，都可以來。這個世界上餓貓是最容易抓的。那些反對餵野貓野狗的人不知道餓是什麼感受。因為他們吃飽太久了。

作者後話：

後來我有更多經驗後，回看這次其實不用抓牠。有些貓已經結紮但沒剪耳也是有的。結紮不是第一重要或至少先觀察幾天。最重要的是先觀察貓的身體狀況和所處環境，如果是受傷、弱、周圍車子很多再抓牠。像這隻貓只是很餓，旁邊有樹叢，沒必要馬上抓牠。

※ 英文Trap（誘捕）、Neuter（絕育）、Return（釋放）的縮寫。

老公貓乖乖來吃藥

老公貓是一隻長年在我家附近遊蕩的浪浪，我很討厭牠，因為牠是唯一一隻沒有被結紮的老公貓，常常情緒失控找貓挑釁、吵架、叫聲高分貝，原本這裡就有不喜歡貓的人，聽到這種貓叫聲更討厭貓了。我們三個貓隊友都沒有人想碰牠，想說牠老了，就這樣吧。

老公貓的地盤非常廣，我會在別區看見牠，牠走在路上根本沒在管人類，主要是因為牠的外表，破破爛爛、顏色很淡、像一個破麻袋，也沒有人類敢招惹牠。我相信牠有不少人餵，光是牠像乞丐的外表，愛貓人都會很心疼牠。牠不常來我這區吃飯，又常和這區的貓吵架，我心想，你最好不要來。

老公貓久久來一次的時候，我基本也不太理牠，分很少、很少的罐頭給牠，因為，我這社區很窄小，是真容納不了貓的吵架的，我自己也常在躲那些叫我不要餵貓的人，在這種壓力下，我知道牠在別的地方可以要到吃的，就自然不希望牠來了。

某天晚上，貓隊友打來，通常打來，必是有什麼急事。她說老公貓受傷了，問我能不能去和獸醫店拿吃的消炎藥之類的，我們都知道抓不到牠。我是不想碰牠。沒有傷到必要送醫，我們不會抓。貓友當天還沒有拍到照片，她叫我隔天早上看看。我們餵貓的排班她是晚班、我是早班。

如果是我自己看到老公貓的傷勢，我是不會做任何事的，因為牠掛彩的經驗可豐富了，到處找人幹架。已經見怪不怪。不過我的貓隊友很慎重，還說錢她出。隔天早上沒想到我就看到老公貓了，耳朵血肉一片，真有點嚴重。我拍了照片，給獸醫店。當天也速速要到藥，醫生配了一週早晚兩次的抗生素，原本我還和醫生說，盡量不要抗生素，因為我們完全沒有把握牠會一天出現兩次。

那天傍晚，我把藥分一半給貓隊友，從那天晚上開始，我們接力餵藥，如果她說沒有餵到，我就晚一點再去看，老公貓來的時間不是很固定，常常讓我們等很久，不過，這三四天下來，我們居然一天餵到兩次，牠的傷也好轉了，看起來一點也不嚇人了。

老公貓來吃藥的時候，我也給牠很多的罐罐，看在牠受傷的份上，讓牠吃飽一點。老公貓精神很好、食欲很好，就算傷很可怕那幾天，牠都還會打滾。

這就是老公貓每天來吃藥兩次的奇蹟了，希望牠不要再受傷了。那個沒剪掉的蛋蛋的精力快用光吧。

拯救仙仙

有天傍晚我例常去接小孩時，發現平常貓隊友餵貓的地方有張紙條，當時有另兩人湊在那裡看，我也好奇去看——紙條上寫：欣欣被困在一樓後面。

我不知道誰是欣欣，看起來那兩人好像是知道這回事的人，看來沒我的事。我就走了。只是覺得怪怪的，因為那張紙條貼的地方，應該是給餵貓人看的，當時貓隊友出國，所以我也就算了。

晚上，在國外的貓隊友打電話給我，說仙仙被困住了。我一頭霧水。

才知道那張紙條是一樓美容院寫的，她們以為仙仙是欣欣，因為聽我們叫仙仙，聽成是欣欣吧。

美容院的隔壁店剛退租，仙仙跑進去裡面出不來了，牠爬到外面抽風機孔洞叫，美容院聽到了，也是愛貓的她們，其中一位勇猛的大姊向另一邊隔壁五金店借了梯子，爬上高高的抽風機，還把抽風機給拆了，拿一個拖把卡住，希望仙仙可以自己出來。

那天晚上，我從美容院進去，才明白了這一切，店員用手機的手電筒領我到後巷，那裡漆黑一片，因為有他們壯膽，我爬上那靠在外牆上的高高梯子，還真的看到仙仙在裡面，不過，牠就是不知道要出來。我看一下，牠沒有受傷，稍早貓隊友的兒子也有來過了，有放了一個罐頭給牠，當下太暗了，我爬下來。我們都想說，牠自己應該會出來，美容院有一位大姊有試著抱牠，結果被抓傷了。

那天晚上，我想等天亮再說，說不定牠就會自己出來了。

隔天早上，發現仙仙還在那裡喵喵叫，我準備好罐頭要去誘她出來。也打給另一位沒有出國的貓隊友，因為都是住在附近，她速速出現了。我請她幫我扶好梯子，因為那只有單邊斜靠。

仙仙有靠近我吃罐頭，不過牠就是無法再跨出一步，出到抽風機的邊上。我不停誘牠出來，貓隊友在下面幫我頂著那個洞口，用之前美容院隨手取的拖把。搞了一些時候，我狠下心一把抓住仙仙的後脖（仙仙是浪浪，我沒抱過牠，也很怕被牠抓、踢傷啊！），一手抱她的屁股，其實我已經記不得我抱牠哪裡，主要是因為牠很重，有六七公斤，我單手根本提不起牠，加上我站在梯子上，雙手都要去把她抱出來，只剩兩隻腳支撐，我可以感受到雙腳當時在激烈地發抖，不知道我的貓隊友當時在下面看到什麼。

終於，牠被我抱出來，放在梯子上，牠很快自己跳下去了。我的腳還在發抖。

腳大概很久沒發抖了。印象深刻。

仙仙的膀胱炎

仙仙是一隻美若天仙的浪浪，首次見面我驚為天仙，所以叫仙仙，雖然是公的。

我的貓隊友打來說，仙仙要去看醫生。因為牠在吃飯時間就去蹲了四五次。尿不出來。已經兩天了。於是我也去看看。還真的是不太吃就跑去蹲，蹲了足足有兩分鐘以上。我們打算拍片給醫生看，省得帶浪貓去很麻煩。那天巧遇連假，附近可以相信的獸醫院都沒開。貓隊友堅持不能拖，尿不出來變成什麼尿毒症更可怕。於是她叫我去抓貓。我的動作突然變慢。從櫃子裡拉出運輸籠。組裝。鋪上一塊布。放貓草。帶了木天蓼和貓草、肉泥去抓牠。是真的很討厭做這種事。感覺很不好。

我提了運輸籠去找仙仙。牠和牠兄弟都在。牠們超愛貓草類馬上靠近。然後我就把牠推進去。把門關起來。不到五分鐘。貓隊友已經找好要去大直的二十四小時動物醫院，因為沒選擇了。她會出錢。我送他們上Uber。回家處理自己的貓事。

還好牠體內沒有積尿。醫生開了消炎藥和止痛的藥水，要用針筒噴進牠嘴巴。出計程車，我們馬上放了仙仙。仙仙也沒有跑掉。我用肉泥混藥粉牠吃了。用針筒弄嘴巴這事我就很討厭了。但是為了讓牠康復，我們要嚴格餵藥。醫院當然建議我們先把牠養在家裡，好了再放回去。可是我想牠本來在外面的，突然關籠子會很緊張，免疫力更會下降。仙仙知道我們要弄藥，有時會躲起來。我們都會等。我餵早上，她餵晚上。很需要有人分擔。

就這樣搞了快一週。貓很難搞，第二天牠就不吃我用肉泥混的藥了。用罐頭牠也會知道。還好貓隊友用慣了餵藥器對付她家的貓，加減有吃到藥。

看到牠一直去蹲又沒尿就令人擔心。不過用藥兩天後就明顯沒有了。也見證貓的靈性。牠知道我們沒有要傷害牠。一次又一次出現來給我們餵藥。

藥吃完了。又復發了。我找熟的獸醫店拿藥。沒有再抓仙仙去。已經知道她七公斤。被貓隊友養得太好了。醫生開了抗生素。又叫我買一罐八百塊的膀胱保養。裡面只有三十顆。

仙仙吃完這輪。換貓隊友出錢買那個保養品。一天一顆繼續餵。

恨神病

阿咪走後，我像廢人一樣。第一天哭到眼睛不像原來的器官。一邊硬著頭完成對外工作。隔天一整天我不是在吃、就是在睡、在外面走了四五個小時。我吃很多，因為我意識到再不補充我要暈倒，因為我淚流太多。

阿咪走後，那份難受的自責教人吃不消。我不知道她恨不恨我。我不打算書寫前因後果。我回想她活著的時光就令人痛苦。回想她的生病也令人痛苦。回想她的一切都令人恨神。給人這麼壞的題目。

看陽光在我兒子的一排襪子上。我努力振作。卻意志消沉。百廢待興。我好像中了那種創傷後壓力病。這是一種消沉病。恨神病。試著以工作逃避。效率奇低。我只想發呆。只想和貓鬼混。看貓就看了一個小時。看陽光就看了一個小時。看Primo Levi的書。想從中獲取什麼指南。我失去瞄準目標的幹勁。全身像一隻生病的兔子。

給你放假三天。創傷假。至多一週。不能再多了。

最好是，你趕快發願一件事，發願去領養一隻貓。可這不是我的房子。我早收到警告令。

在餵的浪貓隔天一早三人就在門口等我，今天也是，我現在唯一能彌補的好像也只能是對那些浪浪好一些，可我本來就是如此。也沒什突破。餵罐頭、給小零食、打滾貓草。我的一套。

吃素四十九天。唸經四十九天。這都小意思。都不足以減輕我的難受。喝大堆咖啡紅茶已經麻木。藉那些來振奮自己也沒效。藉書寫？寫屁你。我試著寫。覺得那些都是屁。我恨神。恨命運。寫那些已經發生的遺憾要幹嘛。那些就是神安排的。我們都是被神操控的棋子。祂得逞了。把幾位原來好好的人搞崩潰了。把原來好好的貓搞死了。

恨也沒用。你趕快發願一件事。把你的恨的精力轉移去另一隻生命。去發揮你的愛。沒有任何一句話可以安慰到我。我是十足的笨蛋。白癡。怎樣才能洗掉這些？她託夢給我。不，她不會原諒我。我來世成為一隻狗？不，我已經寫過了。我對動物的愧疚早就讓我來世成為動物了。永遠吃素？可以。我不想要身上的器官沾到別人的血。

這樣饒了我？此生再領養三隻貓？放過我。不要再給我這麼難的題。難受的題。聽什麼音樂都沒感覺。看什麼東西都沒感覺。恨神病就是，你做得夠好了，神還來重挫你。不是小挫、是重挫。誰不會消沉？沒有人自己想消沉。恨神病就是消沉病。

我得自救。我知道有些食物令人愉快。巧克力香蕉花生醬紅豆。早上還好，中午過後我就會恨神病發作。每天吸阿美時間變長。工作很少。效率很差。給自己找藉口。如果沒有兒子要我接送，我大概整個淪陷沒日沒夜了。

中恨神病後，阿咪的照片千萬不能去看。光是想到照片裡她的模樣就令人受不了。我好像慢慢可以告訴你阿咪的事了。今年一月底，我在平常的餵貓後巷聽到刺耳的貓叫聲。那貓叫聲無法令我一走了之。我看到她了。一隻小貓，不是嬰兒。她離我離得遠。我在這頭，她跑到馬路對面。我打開罐頭，放車底下。人要離開，還不確定她會不會去吃。還是會被別的貓吃掉。我們碰面第一天她有吃到了。我每天都很記掛她。也試了很多次拿我的運輸籠去想抓她回家，總覺她在外面很危險，加上瘦小，當時正值寒冬。

她不是這裡的貓。不知是走了多久，憑什麼生存本能找到了這個永遠有貓食的後巷。並且，她有著奇兇悍的本能，沒有人能搶吃她的罐頭。這裡原本有一對兄弟貓、一隻老公貓。老貓很兇，但碰到小貓，牠也只是摸摸鼻子走開。小貓在後巷搶奪了兄弟貓的安身之處。或是曾有一小些天數，牠們是一起在那儲物櫃上方的。很早以前，那高過人頭的儲物櫃上方的冷氣機還是什麼的，就是那對兄弟貓避風雨的窩藏處，連天大雨我去探貓時發現的，我會很雞婆地把食物碗推到儲物櫃上方，反正這秘密只有我一人知道。我每天都去那後巷，每天也只有我一人會去那後巷。我孤身在那後巷。餵貓餵了很久。

小貓來了後，因為心疼她小，我總給她一個完整的罐頭。她總是喵喵叫。叫得很大聲。縮在人手完全碰不到的雜物堆裡。我把罐頭倒在碗裡加水留給她後就會走開。當時冬天又雨又冷的，很難不擔心牠們的處境。我找到一個兒子放玩具的塑膠儲物箱，放了多的貓床、一些毛巾。擺在那高過人的儲物櫃上方，怕不夠睡，又拿紙箱貼滿大膠帶，多少防水，切一個洞。有一些天數，牠們都睡過那些床。有時看到兄弟貓的頭探出來，也曾見過小貓的頭。

我打理貓的這些事，其實是很鬥智的。因為貓不懂你要幹嘛，人貓之間的溝通很難，我多麼希望可以學貓語。直接和牠說我不會害你。有時候覺得自己一輩子智力所及，都無法施展在和貓的事情上。和野貓溝通的智力，絕對是很高等的。請不要小看。可以和動物溝通的人類都是了不起的。冬天的時候不時都在做這種貓箱，一來紙箱比較不顯眼，也比較好找，我默默拉膠帶。一直拉一直拉直到四個面都被鋪滿，好像我一輩子所學是為了做這個。而一邊做要一邊注入心念。希望貓會進去睡。等到睡爛了我就換一個新的。我先生不知道我在做什麼。他剛好有一位朋友來家裡，他知道我是做給野貓的。

某一天我踏進後巷時，乍見我的貓床箱被丟在地上，有人來過了，把上面的東西都清掉了。貓也不見了。不過，我知道牠們轉移地盤了，兄弟貓在小貓來後不久就走了，但牠們走得好，牠們走到我社區的散步道，那裡比後巷好太多了。空間大、植栽多、一旁還有天然的山坡樹林；後巷一堆油煙味瓦斯味，而且還沒泥土上廁所。兄弟貓一開始不敢離開後巷，大小便都在那裡解決，我看見牠們固定大在一個地方，想到牠們原來就一直在這小小的範圍窩存，兩人常依偎在冷氣上方。看了很心痛。現在牠們比較親人了，也換到我社區活動。

小貓隨後也轉移陣地了。好像是尾隨兄弟貓。牠們三位長得很像。看起來就像一家人。小貓常跟著弟弟（我自己想的），這也是全事件最令我淚崩的事。小貓好像認了弟弟當媽。她很愛和牠玩。不時碰牠一下。弟弟可能老了，沒有太理她。但兩個身影在一起時總是令人感到溫暖的。

每一天我都會在散步道的樹叢裡看見小貓，我也都很迅速，深怕被鄰居看到，放下罐頭碗進樹叢，不過，我也慢慢跟她培養感情，我們的距離越來越近，她可以就在我面前，我的伸手範圍內吃飯了。

接下來就是我帶她去結紮。結紮是一位中途小組介紹我去的醫院。她說住到好再回來。她週二去，我隔週一早上就去接了她。當時想她在外面那麼開心、也有朋友，她又那麼強勢，不會被欺侮，傷口也全好了，就想放回去吧。當時也是一起餵貓的鄰居知道這件事，她說去她家好了，她家原本有一隻貓，我看她的樣子好像是可以養小貓，雖然她之前說她先生不準、她女兒過敏。不過在沒有找到其他人領養情形下，她就默默收編了。

小貓先放在她裝修過的陽台，有圍牆有窗戶的，採光很好，她是邊間，空間也很整潔。不過，小貓並沒有安份於那裡。那一天晚上，她狂叫、爆衝。我鄰居承受被別人按門鈴的壓力。這裡的人是很怕別人投訴的，特別是這種密集公寓，狗吠貓叫都不行。連那對兄弟貓，都坐在她家樓下，好像在守候牠們的同伴。小貓好像聞到了兄弟貓的味道，叫得更瘋狂。

因為這樣，隔天早上我們把她放回原地。那幾天也都見到她身影，她也有來一起吃罐頭，我知道她怕我，一樣把罐頭碗推進樹叢。不過我記得有三天沒見到小貓，當時沒有特別擔心，因為之前她也消失了一兩週，我還以為被別人抓走了，不過以我對她的認識，不可能有人能抓到她的，加上她已剪耳，沒有理由會被抓走，加上這些貓偶爾也消失幾天，不足為怪。

不過放回後第十天，週六早上八點多，手機突然響了。兒子看也沒看就接起來，傳出我鄰居的聲音，我只聽到很「很糟、不會動」。早餐還沒吃完。我也嚇到了。動作沒法像平常那樣俐落。我抓了幾塊毛巾。一個盒子。小貓半坐在鄰居前面。雙眼鼻孔嘴巴都是鼻涕。三天沒見到她。簡直認不出她了。不成貓形了。

我又回家翻出床底的運輸籠。希望她可以自己走進去。可是罐頭她也完全沒興趣了。看我拿那些東西。她走了。走得很慢。那病重的腳步。你一輩子忘不了的。我手上抓著兩條毛巾。在停車場，零星車子出去，又有鄰居來圍觀，看我抓貓。我回頭請他們離開。我們在停車場和緩地玩追追。搞了很久。我下手兩次。不夠快。她走進平常躲藏的矮樹叢，我想放棄了。她走進社區的後巷。看著她一步一步遠離我。我知道她要去哪裡。

那裡有車子很危險。想到這我和兒子從另一邊繞過去，正好見她過了馬路。她走進以前住過的後巷。我離幾步跟在她後面。被拋棄的植栽後面倒著一個箱子。裡面還有我兒子的舊毛衣。那是我以前做的貓床箱。被丟在地上。就這麼正好躺在這裡。洞口朝外。小貓竟然走了進去。縮在裡面。那幾分鐘我血液停止了。我不趁這大好機會快手把箱口堵住立起來。神啊幫幫忙。結果她逃了，但我往前撲，用毛巾壓住了她。抓到了。正好九點半。獸醫開門。

那天之後快轉兩週，正好兩週，她死了。那兩週每天灌抗生素、肉泥、不時帶去打針，不吃不喝，身體過輕，病得很重。我鄰居說，她會趴在窗邊看兄弟貓，還有力氣時會喵喵叫。帶去醫院時兄弟貓都會過來，令我尤其心痛。最後兩天我自己一人帶她去醫院，當時我鄰居工作加上照顧她的壓力，已經有點令我擔心，我還想接手她。那兩次，我們在醫院搞了很久，發燒四十．九度。醫生也認為不應該這樣，體重只剩下一．四公斤。驗了血，並沒有肝腎衰竭，只是白血球很低，但之前結紮時她驗過沒有白血病，也沒有腹膜炎，排除了大病，她就是感冒，感覺醫生幫她好好補充了營養水份。並說這三天很重要。都要帶去。一點風都不能吹到。第二天去感覺沒有好轉，打那些營養水份很快速，五分鐘內，那兩次主治醫生剛好很有空，還幫我灌了肉泥，弄她弄了快一個小時，不過有那麼一瞬間，他露出緊張的表情，說黃疸！後來仔細看了看，又說還好，輕微的。不過當時瞬間的雷光一閃，聽到黃疸以及醫生的表情，就是不太妙。那天，我還在醫院瞥見一隻死狗。

總之，在第三天一早六點多，我看到我鄰居的電話就是很不妙。她哭著說阿咪死了。要我趕快過去。這就是一切了。

這一切就是我恨神病的由來。

作者後話：

我後來問了一些貓友，特別是在做TNR的，在這個捉貓、結紮的過程中，有那麼一兩隻貓就是會死。不要勉強、不是一定要每隻貓都結紮，太老、太小都不要。天氣不好時不要捉。我認真和有經驗的人問了這個過程，哪裡做錯了。結果她說，出院後我應該馬上R回去，可能是放在我鄰居家試著要養她那一天，她太緊張導致免疫力下降，隔天放回去不巧又變天，或者是，她在住院那幾天感染了病毒。那麼，如果要養她呢？最保險的做法是先籠子再讓她慢慢適應家裡，或是先放回再慢慢和她互動熟悉。

經歷這個重挫，我說，我以後不要再抓貓了。未料她說，從哪裡跌倒要從哪裡站起來。

兩個月後，我和兒子在路邊車子下看見一隻貓，看起來很怪，雞飛狗跳一切檢查結紮完成約一週後，我鄰居收了牠。現在牠非常健康可愛地住在她家裡，倍受疼愛。

來福看醫生

這世界上怎麼有那麼巧的事！我預約了週六晚上要帶來福去看醫生，她每天一堆眼屎。雖不是大病，想說去看看比較放心。未料在動物醫院打開籠子時發現毛巾下有小小的血跡，剛剛在家裡沙發也有看到，就請醫生看看她有沒有受傷。果真就是她流的血，在後腳踝，這位同學每天像在台北巷弄爬山涉水，就弄到了個小小的傷口。血已經止了，被毛沾黏住。

如果只是這個小傷口，我是不會為了這個傷口帶她來看醫生的。除非血流不止。

醫生馬上拿出剃毛刀把周圍毛剃乾淨。一個人壓著來福，一個人清理傷口。他們叫我摸來福的頭，跟她說話。其實我覺有點太費周章了，一個小小的不到一公分的傷口。只是清理乾淨。上一點藥。還叫我看那個傷口。我看了很不舒服。雖然很小。可被醫生壓開給我看令我一陣頭暈。於是我到外面去吹吹自然風。回來來福的腳就被扎扎實實地包了起來。醫生叫我給她戴頭套。每天洗傷口兩次。

我心想你們弄都要兩個人，而且是專業的人，我一個人是要如何幫貓換藥？？

至於她的眼睛，被棉棒伸到下眼瞼採樣，兩隻都要。還滴了螢光液，在黑暗中讓我看，說她鼻淚管可能天生有點阻塞，因為那個螢光液沒有從鼻子跑出來。

然後醫生的處方是滴眼藥水。一天兩次。可以抑制病毒。我心想這又是一件什麼任務！

回家後我沒有給來福戴頭套。來福是一隻很乖的貓，她咬咬綳帶發現咬不掉。又被我喝止就不再去咬。就算她咬也咬不掉。我根本沒打過她。但只要一聲令下。她就會聽我的話。是一隻奇葩貓。

不需要動不動一點小事就給貓戴頭套，牠們也是可以溝通的。後來我沒再去那家醫院了。我不喜歡小題大做的醫生，雖然態度很親切。雖然獸醫立場是保險起見。

馬來西亞的貓結紮也沒在戴頭套，大家也是這樣好了。

以前去泰國看到廣場上幾隻狗暈倒在那裡，原來是被結紮了，就這樣在外面結紮。也沒有戴頭套。

最後，我本要下禁足令。不讓來福去外面，正在修紗門時她衝出去了。其實她也就坐在陽台上而已，她自己也知道自己受傷了，沒有像平常一樣再去上山下海。

美美的神隱大便

這週最困擾我的事就是貓砂盆裡沒有美美的大便。此人每回一大便連牆壁都聞得到，她大便比寶兒臭，又不會挖砂埋，是一位衛生習慣不佳之人。沒想到，幾天沒見她大便令我擔心起來——不會是便秘了吧？但是她的模樣看起來不像，每天一樣大辣辣地睡、吃、四腳朝天，完全沒有任何「不舒服」的跡象。

打電話給曾有便秘貓的主人，討教貓便秘的徵兆。沒有一個對得上來。

他說——摸貓的腰，就知道有沒有便便。

——貓的「腰」？

我從來沒想過貓有「腰」。

隔天，便秘貓主人說路過，可來幫我摸摸看美美的「腰」。但是，美美太胖了，摸不太準。便秘貓主人還給我一罐「油」——用灌的，我都用針筒灌。還說，多吃無害。

美美是貪吃貓。隔天我加了十cc的「油」在她罐頭。她完全吃下去了。我還是沒看到她大便。隔天我加了二十cc，她發現了，只吃了一半。我想不起來到底便秘貓主人說要加多少，再問一次，他說是——二cc！

美美吃了這麼多「油」竟然沒大便！

我盯著美美問，你到底在哪裡大便？

我們住二樓公寓，美美會跳出陽台在一樓連成的遮雨棚上走來走去，但不曾跳下到地面上。難道她在台北公寓屋頂找到一處絕佳的大便樂園？還是她潛入某戶人家裡找到大便樂園？不會被人砍死嗎？我從地面繞了一圈，沒有聞到那位女士強烈的大便味。屋頂上遠遠看去也看不到什麼可疑的便便。

第五天晚上，我忍不住帶美美去看醫生了。

醫生也先是摸美美的「腰」，竟然也說，因為她太胖，摸不準。

那照張X光吧。

結果是，體內有大便，但看起來不像是便秘。醫生完全沒有開藥。只說多喝水。

我拿人用的杯子給她喝。你最愛偷喝人的水了。
叫兒子幫忙逗她玩。讓她有運動。
她好像懂我的陰謀了，罐頭加水也不吃。我就讓她餓。餓了就吃了。

美美的神隱大便，到現在還是謎。
你快大便吧，多臭我都要。
美美便秘後我慢慢瞭解一件事。
同一件事第一個說的人你不會聽進去，得等到第二或第三人說了你才當真，而其實第一個人說時你聽進去就好了。

當時我也問了貓友，貓友說：「多喝水」。我的回覆是：「我沒法讓貓喝水啊。」

美美好像突然鐵了心跟我作對，滴水不沾。

等到看獸醫回來隔天，我突然找起針筒要灌美美喝水，找不到就拿了一根吸管剪短一點，一次灌三劑小吸管美美就會掙脫走了，但我突然有了作戰的決心，覺得吸管太小，就到藥局去買一隻餵藥用針筒，回來灌她，可針筒雖一次可裝較多水，但貓也一次喝不了那麼多，會溢出來，令美美不太高興。另外就是買一款泥狀食物，應該是味道很好，加很多水貓都會舔乾淨。

反正能力所及的，我真的做到了，讓貓「多喝水」這件事，卻是獸醫說了我才聽進去的。

第二件事，就是寵物（或人）「不正常」期，你會需要有經驗者的分享（東說西說也好，說不定就歪打正著），這真得感謝社交媒體，某貓女推薦我一款化毛膏，說她貓也是有過莫名其妙便秘期，吃一吃就大了。吃「化毛膏」這件事，我也是第二次聽到，才真的聽進去，馬上又奔去寵物店買了。

這種時候，彷彿進入「病患家屬」的盲目期，誰說了什麼有效就馬上去試一試。就在某天晚上，洗完澡出來，眼鏡也沒戴上時突然聞到那久違的大便味，「美美大便了嗎？」「是美美大便嗎？」

沒想到，看到美美大便會那麼想哭，彷彿我也解脫了，竟然有一種生活重新啟動的振奮感。一切都很好啊！沒有什麼比大便更好了！

二十年才有的台北鄰居

住在台北老公寓老社區二十年，我沒有鄰居。沒有去過任何一個人的家，也沒有任何人看到我會高興或我看到他會高興。

我住在這社區十多年，沒認識半個鄰居，也巴不得搬離這滿是噪音的社區。說是鄰居也有點不妥，不過是一些因為自己修養不好看不順眼的人。我回老家時候要請貓保母來家裡。我媽嘮我怎不找鄰居就好。我用吼的回她：台北鄰居怎麼可能幫你清貓屎？

不過，十多年後，我終於有了鄰居。是餵街貓認識的。我有兩位鄰居的Line。都是貓友。其他無關。我沒有媽媽友，媽媽友的意思是因為小孩的關係，小孩同學的媽媽。一位都沒有。但是拜餵貓所賜，貓友卻是進展神速。我第一次有了鄰居感。有了急事近鄰可以救火的安全感。

有一次掀開倒蓋的貓砂盆赫然發現裡頭有隻奇醜無比的青蛙。我發現自己尖叫，再怎麼叫也沒用。冷靜一下決定去找幫手。問警衛敢不敢抓青蛙他竟然搖搖頭。還問我家怎會有青蛙。真是沒用還講廢話。我去便當店的後門找到店員，她也算是因為我在那裡餵貓認識的，她剛好戴著手套，二話不說跟我走回家，把青蛙抓進她帶來的袋子，然後我們拿到後面的樹叢野放。那扁扁的青蛙一開始停在那裡不動，我們還擔心牠是被壓壞了，沒想到一拿樹枝去動牠，牠跳起來的高度比人還高，我們倆都尖叫了。

還好，如果在我家這樣跳，我一定會把房子拆了。

有兩位鄰居是我固定餵貓班底，有了她們我有放假的空間，也不會四五隻貓全靠我一人放飯。後來，這位鄰居幫我分擔了很多街貓的事。第一隻是我送去結紮後她說拿去她家。這一切寫在〈恨神病〉，那隻小貓最後意外走了。我們頻密地帶她跑醫院。貓走了她哭得比我還慘。我們兩個拿著骨灰在某個小雨的早上把她埋了。這世界上只有我們兩人知道骨灰埋在那裡。

後來我又帶回一隻在路邊發現的成貓，看起來是家貓走失。我把貓照顧到結紮好，正煩惱的時候她又接手了。現在那隻神奇的貓在她的家，剛開始常喵喵叫搞得她都睡不好，不過現在已經進到她家裡，和她們原來的貓也平起平坐了。

熟了之後，我和兒子不時會去她的家看貓抱貓。小貓走後那時我們很難過，我也邀她來我家聊聊天。後來那隻貓幾次去醫院，都是她開車送我去。那陣子疫情我也不敢坐公車。自己又沒有交通工具。還好她出手。貓的結紮費她出掉了。前面的醫藥費也幫我出掉一點。

疫情兩年多，學校關、安親班關。我又得在家裡視訊上課或演講時，我兒子送去她家。兒子寧可去鄰居家不跟我出去。她幫我接過兒子。買便當給我兒子吃。我們外出一天，她幫我餵貓。我實在沒有別人可以幫我，也不客氣麻煩她。不是沒有人可以幫，但是她們住很遠。光是去就要一小時，我怎麼可能把兒子送去花一小時然後去做自己的事又花一小時去接他。有次她忍不住納悶問我，你沒認識我前到底是怎麼過的？

終於我可以回老家了，時間很長，我不敢麻煩鄰居清貓屎。在找到府貓保母，沒想到我鄰居自己說，她來做我的貓保母。那真是再好不過了。當然我付她錢的。

二十年，終於有了台北鄰居。

後記：我用作家的方式活過了

在台北，我在別人的房子裡自己上班。每天的例行是送小孩、餵浪浪、餵自家貓、清貓砂。然後開始上班。每天都有事要做。我的同事是那些貓。我喜歡這種同事。牠們睡在我旁邊支持我。

我從來沒有太遠的計畫，坐在桌子前就一樣一樣地做出來。沒有人管我。沒有人叫我做。我自己要做的。有一陣子，我常被中傷。我中傷時就去寫。有時候我想起那些傷都還會發抖。不過我也不太去想。也就慢慢好像忘記了。我不喜歡寫具體發生了什麼事，也不太喜歡告訴別人。我就去打字。我沒有想過要別人看懂什麼。

我很想離開台北。我在這裡沒有安全感。可我對未來一點想法也沒有。想了也沒用。也沒空想。這一兩年，我和台北的關係又變了。貓讓我變的。那些貓帶我走進了台北。貓讓我有了在台北的第一個鄰居、第二個鄰居。我兒子有第一個乾媽、第二個乾媽。外人給我和兒子的愛，比我家人還要好。我有了安全感，我知道有人可以幫我。

收到別人對我的好。我就去幫動物。我拿到一份肯定，一份錢，就去為動物做一點事。有時候，動物那邊需要的錢很多，我就努力寫稿。花在那裡的錢我沒有算過。不時要補飼料、罐頭，有時要醫藥費，今年去了收容所做志工，那邊需要的東西更多。

我兒子十歲，十年，我沒有一個媽媽友。沒有因為兒子認識別的人類。是貓和狗帶我認識人的。是貓的能量讓我去做更多事的。去把時間花在不是自己身上的。那些身體小小的貓，有比人類更大的能量。這些貓讓我覺得台北是家。可是因為沒有家人、經濟不穩定，我深處還是沒有安全感。

可是我知道在台北這些年是我過得最好的。因為我用作家的方式活過了。因為用文字思考發生的事。我也用畫家的方式活過了。沒有什麼比這兩件事更好。我從沒有想過這是我的志願。想都不敢想。一切的事都發生在台北。我出第一本書到今年十年。怎樣走到這裡我不敢回頭。也不敢往前看。我不能想，一想就會陷入夢裡。我現在沒時間作夢。我摸貓和貓鬼混已經把時間都用掉了。

我抱著一種我必將離開這裡的心態。我不知道什麼時候會被趕出這房子。用寫作預習離開這件事，我不知道有沒有效。我要怎麼離開一座生活超過二十年的城市。想也沒用。寫也沒用。不過，我在台北活過了。真的由死到活過了。我真的有過一隻全世界最棒的貓。有過這麼多。這麼多。這麼多。

發表紀錄

〈多年後我憶起台北〉，刊登於《自由時報》
〈我在台北養了一隻醜貓〉，刊登於《自由時報》
〈多年後我憶起冬天〉，刊登於《中國時報》
〈自傳〉，刊登於《中國時報》
〈春天已經開始〉，刊登於《中國時報》
〈在台北過年〉，刊登於《聯合報》
〈我睡在我小叔的床位上〉，刊登於《聯合報》
〈癌症狗〉，刊登於《自由時報》
〈風還小的時候〉，刊登於《字花》

〈我在老家有一箱衣服〉，刊登於《中國時報》

〈台北公寓〉，刊登於《聯合報》

〈我睡覺的時候〉，二〇二一打狗鳳邑文學獎散文優選、九歌一一〇年散文選

〈山河少女〉，二〇二一鍾肇政文學獎散文首獎

文學森林 YY0266

多年後我憶起台北

作者

馬尼尼為

馬來西亞華人，苟生台北逾二十年。美術系所出身卻反感美術系，三十歲後重拾創作。作品包括散文、詩、繪本，著有：《帶著你的雜質發亮》、《我不是生來當母親的》、《以前巴冷刀．現在廢鐵爛》、《馬惹尼》、《我的美術系少年》、《馬來鬼圖鑑》等十餘冊。

二〇二〇年獲OPENBOOK好書獎「年度中文創作」；桃園市立美術館展出和駐館藝術家；二〇二一年獲選香港浸會大學華語駐校作家、國家文化藝術基金會〈台灣書寫專案〉圖文創作類得主、鍾肇政文學獎散文正獎、打狗鳳邑文學獎散文優選、金鼎獎文學圖書獎；二〇二二年繪本《姐姐的空房子》獲選THE BRAW（波隆那拉加茲獎）100 Amazing Books、台北文學獎年金類入圍。

曾任台北詩歌節主視覺設計，作品三度入選台灣年度詩選、散文選，獲國藝會文學與視覺藝術補助數次，現於博客來OKAPI、小典藏撰寫讀書筆記和繪本專欄。同事有貓三隻：阿美、來福、巧巧，每天最愛和阿美鬼混；也是動物收容所小小志工。

Fb / IG / website : maniniwei

書封及內頁插畫　馬尼尼為
書封設計　Bianco Tsai
責任編輯　詹修蘋
行銷企劃　楊若榆、黃蕾玲
版權負責　陳柏昌
副總編輯　梁心愉

初版一刷　二〇二二年十月三日
定價　新台幣三四〇元

ThinKingDom 新経典文化
發行人　葉美瑤
出版　新經典圖文傳播有限公司
地址　10045臺北市中正區重慶南路一段五七號十一樓之四
電話　886-2-2331-1830　傳真　886-2-2331-1831
讀者服務信箱　thinkingdomtw@gmail.com
Facebook粉絲專頁　新經典文化ThinKingDom

總經銷　高寶書版集團
地址　11493臺北市內湖區洲子街八八號三樓
電話　886-2-2799-2788　傳真　886-2-2799-0909
海外總經銷　時報文化出版企業股份有限公司
地址　桃園市龜山區萬壽路二段三五一號
電話　886-2-2306-6842　傳真　886-2-2304-9301

多年後我憶起台北 / 馬尼尼為作. -- 初版. -- 臺北市 : 新經典圖文傳播有限公司, 2022.10
288面 ; 13*19公分. -- (文學森林 ; YY0266)

ISBN 978-626-7061-39-8(平裝)

855　　111014612